OS FILHOS QUE NUNCA TIVEMOS

OS FILHOS QUE NUNCA TIVEMOS

Tina Vieira

FARIA E SILVA
Rio de Janeiro, 2024

Os filhos que nunca tivemos

Faria e Silva é uma empresa do Grupo Editorial Alta Books (STARLIN ALTA EDITORA E CONSULTORIA LTDA).

ISBN: 978-65-6025-061-1

Impresso no Brasil — 1ª Edição, 2024 — Edição revisada conforme o Acordo Ortográfico da Língua Portuguesa de 2009.

Dados Internacionais de Catalogação na Publicação (CIP)
(Câmara Brasileira do Livro, SP, Brasil)

Vieira, Tina
Os filhos que nunca tivemos / Tina Vieira. --
Rio de Janeiro : Faria e Silva Editora, 2024.

ISBN 978-65-6025-061-1

1. Romance brasileiro I. Título.

24-195386 CDD-B869.3

Índices para catálogo sistemático:

1. Romances : Literatura brasileira B869.3

Tábata Alves da Silva - Bibliotecária - CRB-8/9253

Faria e Silva é uma Editora do Grupo Editorial Alta Books

Produção Editorial: Grupo Editorial Alta Books
Diretor Editorial: Anderson Vieira
Editor da Obra: Rodrigo Faria e Silva
Vendas Governamentais: Cristiane Mutüs
Gerência Comercial: Claudio Lima
Gerência Marketing: Andréa Guatiello

Produtora Editorial: Milena Soares
Revisão: Alessandro Thomé; Wendy Campos
Diagramação: Rita Motta
Capa: Marcelli Ferreira

ALTA BOOKS
GRUPO EDITORIAL

Rua Viúva Cláudio, 291 — Bairro Industrial do Jacaré
CEP: 20.970-031 — Rio de Janeiro (RJ)
Tels.: (21) 3278-8069 / 3278-8419
www.altabooks.com.br — altabooks@altabooks.com.br
Ouvidoria: ouvidoria@altabooks.com.br

Editora
afiliada à:

À memória de José López Cuadra,
um interpretador de sonhos

"La eternidad de los muertos dura
mientras se les paga con memoria,
moneda inestable. Y no hay día en que
alguien no pierda su eternidad."

WIS ŁAWA SZYMBORSKA, *REHABILITACIÓN*

"... o presente, o concreto do presente, enquanto fenômeno a examinar, enquanto estrutura, é para nós um planeta desconhecido; portanto, **não sabemos nem conservá-lo na nossa memória nem reconstruí-lo pela imaginação. Morremos sem saber o que vivemos.**"

MILAN KUNDERA, *Os testamentos traídos*

Só por hoje

Uma capicua pode destruir a imagem de um homem. Alguns dizem que dá sorte, mas, neste caso, não. Para Isabel, precipitou a derrocada de um mito. Do outro lado da mesa, diante dela, estava Antonio, lendo e relendo as instruções do exercício do livro de estimulação cognitiva. Tinha de formar capicuas a partir de números já fornecidos. Uma tarefa fácil, que o livro torna ainda mais simples ao explicar no enunciado o que é uma capicua.

Há dois anos, Antonio teria fechado o livro entre zombeteiro e ofendido. O exercício seria tão ridiculamente pueril, que talvez ele dissesse:

— Morena, você está de sacanagem com a minha cara.

Agora as perspectivas mudaram. Já não existem tarefas óbvias. Nada pode ser dado por sentado. O que antes era feito com automatismo hoje exige reflexão. E sem nenhuma garantia de êxito.

Isabel teve de esperar mais de dez minutos para que ele entendesse o que tinha de fazer e seu cérebro desse a ordem de execução. 2, 6, 2, 3, 6, que devem ser colocados na ordem certa, cada número na sua quadrícula, formando a capicua 6, 2, 3, 2, 6.

— Antonio, vamos começar pela mais fácil. 3, 3, 4. De que maneira a leitura desses números pode ser igual tanto da frente para trás como de trás para a frente? Pensa um pouco. Eu sei que você sabe.

Ele subia e baixava as pupilas, percorrendo a página do livro, como se estivesse concentrado em ler algo importante. Pegava no lápis para, em seguida, pousá-lo, repetindo o movimento várias vezes. Mirava a mulher com olhos súplices à espera de que tivesse pena dele e o liberasse da tarefa. Enquanto observa os pequenos movimentos do marido e a sua angústia crescente, Isabel tenta manter a calma. Explica outra vez, dá exemplos, faz ela própria um dos exercícios. Por dentro, porém, ocorria um desmoronamento, a desconstrução de um homem. O professor universitário brilhante, especialista em filosofia pré-socrática, com quem se casou havia duas décadas, virava pó.

Apesar de o problema cognitivo ter começado havia mais de dois anos, só naquele instante Isabel se deu conta de que o homem pelo qual se apaixonara já não existia. Às vezes, um momento fugidio ou uma única palavra cristalizam algo que até então tentamos ignorar, algo que vai além da nossa capacidade de aceitação.

Antonio estava submergindo a um ritmo veloz, soterrado por placas neuronais invencíveis. Pior: ele continuaria sendo engolido, pouco a pouco, dia a dia, sem piedade por parte do seu algoz, como quem é tragado por uma poça de areia movediça. Ao final, só vemos parte da cabeça e um braço do lado de fora pedindo ajuda, e depois, na antecâmara do inferno, apenas umas borbulhas na superfície, que precedem o nada.

Uma simples capicua eliminou as esperanças de que tudo não passasse de uma fase, de uma perda normal para a sua idade. Ele já tinha 70 anos, e um certo declínio cognitivo estaria dentro do previsível, explicou o neurologista. "É necessário esperar para fazer uma avaliação mais precisa do caso. Por enquanto, as pontuações no *mini-mental* são aceitáveis." Nada como a fleuma que impõe a profissão. Isabel não precisava mais de nenhum teste. A capicua falida matou o resquício de dúvida que ela insistia em alimentar.

Quando Antonio, enfim, colocou os números na ordem certa, Isabel deu o "treinamento" diário por encerrado. Recolheu o livro e o estojo — companheiros do casal nos últimos meses — e abriu a geladeira em busca de uma cerveja gelada. Era preciso apaziguar a raiva que se aninhava dentro dela, de maneira sub-reptícia como as placas amiloides que foram se depositando no cérebro de Antonio sem que ninguém suspeitasse. A raiva servia de esconderijo para o medo. Isabel não sabia, mas estava em pânico.

Isabel acordou com dor de cabeça, e os gritos de Sara contribuíam para aumentar o seu mau humor. A menina chegara mais irascível do que o habitual. Não queria fazer nenhum exercício, nem os mais simples, de empilhar figuras geométricas da mesma cor e tamanho. Tarefas que exigissem maior destreza e paciência, como recortar papéis e retalhos para formar colagens, nem pensar.

Sara passou a primeira hora correndo ao redor da sala de aula. Corria descalça, movendo os braços abertos como se voasse. *Hand flapping.* De vez em quando, jogava algum objeto no chão, sem parar para recolhê-lo. Um boneco de trapo, um conto infantil, um quebra-cabeça de madeira, estorvos para o seu símil de voo. Quando o cansaço aparecia, parava no meio da sala, colocava a palma da mão direita em frente à boca e emitia aqueles grunhidos estranhos que tanto prazer lhe davam. Uma líder tribal chamando os seus para a guerra.

No início, Isabel tentou encalçá-la na rotina diária, mas desistiu mais rápido do que seria o esperado do seu papel de professora. *Hoje não estou para aturar malucos*, pensou, arrependendo-se em seguida das palavras politicamente incorretas. *Menos mal que os pensamentos ainda estão a salvo nestes tempos de patrulha generalizada*. Em um outro dia qualquer, Isabel teria insistido, usaria algum dos artifícios aprendidos em mais de duas décadas de profissão. Mas nem aquele era um dia qualquer nem Sara era uma criança que se rendesse facilmente aos seus truques pedagógicos.

Enquanto observava a aluna, Isabel se mantinha sentada, com as pernas cruzadas, espinha ereta, semblante rígido, como se estivesse sendo paga para vigiar a sala. Aula do sol. As letras coloridas penduradas do lado de fora da porta debaixo de um sol enorme cor de laranja corroboram onde Isabel se encontra neste momento. *Quem teve a ideia de colocar esse nome ridículo numa aula específica para alunado especial?* O pensamento a deprimiu ainda mais, e, pouco a pouco, ela sentiu os ombros e a parte superior das costas encurvando-se, a cabeça pendeu, como se toda ela cedesse ao peso da angústia, esmagada por cenários catastróficos, por um futuro oco, presa numa estrada, que, de repente, foi cortada ao tráfico. "Desvio." Mas para que lado?

Ao se casar com um homem 25 anos mais velho, imaginou muitas vezes como seria o desfecho, na pretensão de ser ela a assistir o fim do outro. Criou distintos cenários, os mais corriqueiros, câncer, infarto, derrame cerebral, esses percalços que se leem nas notícias ou sobre os quais se lamenta alguma pessoa próxima. Nunca, entretanto, supôs o que estava acontecendo agora. Um homem tão brilhante quanto Antonio poderia perder a força, o viço, a mobilidade, a potência, a funcionalidade dos órgãos, a capacidade de se defender de organismos invasores, poderia passar qualquer coisa com ele — até mesmo a morte —, menos a decrepitude mental.

E as pessoas ainda caem nessa conversa dos médicos de que é preciso trabalhar a mente, fazer palavras cruzadas, ler o jornal todos os dias, aprender um idioma novo, desenvolver laços sociais. "Quanto maior a escolaridade, menor o risco de padecer de demência", "O hábito da leitura é o melhor aliado do cérebro", "Pessoas ativas são menos propensas ao declínio cognitivo": títulos criados por jornalistas sentados numa redação, a maioria jovens que não tinham a menor ideia do que pode vir a ser a degeneração mental.

— Esparrelas para vender reportagens e tranquilizar a população — falou Isabel, em voz alta, como se Sara pudesse entendê-la. Levantou-se e continuou olhando fixamente a menina. — Que pessoa no mundo tinha lido mais livros e jornais do que Antonio? — inquiriu, dedo em riste.

Sara arqueou as sobrancelhas, talvez intrigada com a frase e, principalmente, com o tom da professora. Emitiu mais um grunhido e continuou correndo. Isabel decidiu se sentar outra vez, fechou os olhos e respirou fundo, como se, ao exalar, pudesse se livrar da angústia que a inundava.

Entre uma corrida e outra ao redor da sala de aula, Sara se dedicava a um dos seus movimentos repetitivos favoritos. Fica de quatro, apoiada só sobre o joelho esquerdo. Com a mão direita, dá palmadas no chão. Todo o corpo se move ao ritmo desses pequenos golpes, inclusive a perna direita flexionada a poucos centímetros do chão. Enquanto se esforça para manter o corpo em equilíbrio nessa peculiar coreografia, emite um ruído similar ao de um pássaro em agonia.

Apesar de Isabel ter tanta experiência lidando com autistas, essa estereotipia de Sara a irritava sobremaneira. Já tentara entender o porquê, mas não chegava a uma conclusão lógica. A última associação que fizera foi a de que o movimento de vaivém no chão e a posição quadrúpede lhe recordavam uma relação sexual. Mas Isabel tinha visto de tudo ao longo da sua carreira de especialista em necessidades educativas especiais. Tampouco se via como uma pessoa puritana. Então essa explicação não tinha muito sentido. Talvez a verdade fosse simplesmente a de que a menina de 7 anos era um caso muito difícil, e passar tantas horas com ela a exauria.

O pensamento lembrou a Isabel que tinha uma reunião com a mãe da menina à tarde. Esperava que não demorasse muito, porque ela tinha que pegar Antonio no centro de dia e porque a mulher — brasileira como ela — lhe causava uma sensação incômoda. Quando se conheceram, pensou que a coincidência de nacionalidade criaria uma simpatia mútua, mas ocorreu o contrário. Silvia — a mãe de Sara — parece ter ficado nitidamente contrariada quando percebeu pelo sotaque que a professora da filha era compatriota. E mais contrariada ainda quando descobriu que as duas eram do Rio de Janeiro. Tentou disfarçar o incômodo, mas Isabel tinha um talento natural para perceber variações faciais sutis, esgares involuntários, rictos denunciadores.

— Ah, você também é do Rio. Que legal! Eu morava no Flamengo. E você?

— Não, eu não, eu não. Eu sempre morei longe. Em Pedra de Guaratiba, Sepetiba, Santa Cruz. Quase nunca ia por essas bandas.

Foram as únicas frases sobre o passado brasileiro de Silvia que ouviu. Nem da gravidez de Sara quis falar. Limitou-se a dizer que tinha sido tranquila, e o parto, por cesariana. O pai era um antigo namorado, que não quis assumir a filha e desapareceu.

— Sara nasceu no Brasil, sim. Mas logo depois viemos para Portugal. Começou a ser escolarizada aqui.

Desde esse primeiro contato, Isabel teve a sensação de que a mãe da menina a evitava. Ao contrário da maioria dos pais, que mendigavam informação, que queriam que lhes relatasse variações ínfimas de comportamento, em que cada detalhe parecia ter o potencial de uma grande melhora, Silvia se refugiava no silêncio.

— A senhora reparou que agora ele mantém o olhar mais tempo, que é mais fácil captar a sua atenção?

— Ele ontem me contou sobre o que tinha feito na escola. Articulou uma frase completa, com sujeito e tudo.

Silvia não era dada a esses comentários esperançados, tão comuns nos pais dos alunos autistas. Como os relatos que Isabel teria para fazer sobre Sara eram pouco alentadores, acabou por respeitar a distância. A cada trimestre, no entanto, ela e a mãe tinham uma reunião ineludível.

Depois da oficina de artes plásticas e do recreio, Isabel acompanharia Sara à sua classe regular e tentaria que ela participasse de alguma atividade com os outros alunos. Na maioria das vezes, isso se tornava impossível, porque a menina não obedecia, não era capaz de ficar sentada e acompanhar a leitura de um conto, por exemplo. Mas o protocolo impunha seguir tentando.

Os companheiros de Sara gostavam da sua presença, principalmente as meninas, que chegavam até a disputar a cadeira ao seu lado. Pareciam imbuídas da missão de tranquilizá-la e fazer com que desfrutasse do ambiente escolar. Isabel estava cada vez mais convencida de que os principais beneficiados pela inclusão eram as crianças ditas normais, que, ao conviver com pessoas como Sara, descobriam muito cedo que o mundo não é um espelho.

Essa era a rotina de Isabel na escola onde trabalhava desde que viera do Brasil havia oito anos. Tivera sorte de regularizar o seu diploma com rapidez e conseguir esse emprego. Na época, a diretora da escola ficou impressionada com seu currículo, seu mestrado, suas especializações em alunado especial. E como a inclusão estava na ordem do dia, foi contratada. No início, tudo foi um idílio. Ela e Antonio instalados na Europa, ele, já aposentado, teria tempo para ler seus livros, começar o ensaio que havia tanto tempo queria escrever, ela com um emprego fixo numa escola particular em Portugal. Viajariam todos os anos à Espanha natal de Antonio. Paris, Londres, Roma também eram opções apetecíveis de férias. Sonhava ir à Grécia com o marido, um amante da cultura helena, mas não aconteceu.

Isabel ouviu as duas batidas na porta e se endireitou na cadeira, como se, a partir daquele momento, fosse proibido relaxar. Primeiro, Silvia, a mãe de Sara, assomou o rosto, ligeiramente inclinado para a frente, como um animal de butuca. Verificou que a professora estava ali e, só então, abriu a porta e penetrou no que, para ela, era um ambiente com cheiro de ameaça.

As duas fizeram os cumprimentos de praxe, mas cada uma, por motivos diferentes, tinha a outra como um incômodo, uma areia fina que entra na sandália e faz com que queiramos sentar para sacudi-la. Quanto antes isso acontecer, mais rapidamente seguiremos nosso caminho.

Isabel se esforçava para ser simpática, mas a cara angulosa de Silvia, com seu cabelo curto pintado de louro, a pele demasiado branca e baça, os olhos pequenos de míope detrás dos óculos quadrados, as feições pouco atrativas, o corpanzil de mulher que já entrou nos 50 sem ter se preocupado muito com a idade, tudo na mulher a desagradava. Tinha o cenho permanentemente franzido, os lábios finos apertados não convidavam a nenhum diálogo. Isabel sempre tentava ser sucinta e acabar logo com a reunião. Não havia novidades a respeito de Sara, e a própria mãe parecia não querer investigar. Quanto mais perguntasse, mais se daria conta de que o futuro não era muito promissor, pensava Isabel.

— Sim, Sara continua frequentando o consultório da psicóloga, mas a verdade é que não há muitos avanços.

— Os avanços, nesses casos, são muito relativos. Para uma criança como Sara, um grande progresso pode ser, por exemplo, que ela consiga se centrar numa atividade, mesmo que por pouco tempo, que conclua uma tarefa simples sem ter uma crise de ira, que incorpore uma rotina no seu dia a dia. Os parâmetros não são os que aplicamos às outras crianças. É preciso buscar e valorizar esse tipo de avanço a que estou me referindo. Se nos prendemos ao que seria considerado normal, ficaremos sempre frustrados.

Silvia ouvia tudo com seriedade, concordava com a cabeça, como se estivesse compenetrada nas palavras da professora, mas não retinha quase nada. Detestava esse plural majestático dos profissionais. Queriam simular empatia, como se estivessem todos no mesmo barco, mas isso é tão falso quanto dizer que os filhos são amados independentemente das suas dificuldades.

Não use a primeira pessoa do plural, dona sabichona, porque você não tem a mais pálida ideia do que é ter um filho autista. Você não está nesse barco comigo, está no cais, fazendo gestos incompreensíveis e dando orientações aos que estão na embarcação desesperados para mantê-la a salvo.

— Sara tem muita dificuldade em controlar a frustração. É preciso tentar encalçá-la nas rotinas por meio das recompensas, como já lhe expliquei uma vez, Silvia. Ela gosta de ver desenhos no computador? Pois só vai fazer o que quer quando terminar uma determinada atividade, por exemplo, o jogo de correspondência entre nomes e fotos.

O desejo de Silvia era varrer todos os papéis da mesa para o chão, agarrar Isabel pelos ombros, sacudi-la e gritar com toda a força. Talvez assim ela entendesse que o seu discurso é estéril, que não vai convencê-la de que existem categorias aceitáveis de avanços. O que há são padrões evolutivos, que se cumprem ou não se cumprem. Em caso negativo, cabe a cada um buscar a maneira de sobreviver.

Você tem noção do que está falando? Também lhe ensinaram na faculdade a rebaixar as expectativas dos pais, a fazê-los entender que o bebê que imaginaram que seria a realização dos seus sonhos não passa de um animalzinho melhorado? Como se faz para aceitar isso, espertinha? Como se faz para conviver com o fracasso diariamente, com a certeza de que se cometeu o maior erro da sua vida, sem poder fazer nada para apagá-lo nem sequer remediá-lo?

Silvia, no entanto, sempre se controlava. Ao contrário do que Isabel supunha, ela tinha informações detalhadas sobre o autismo da filha, sabia exatamente em que consistia o transtorno, as variações possíveis em todo o seu espectro, a severidade dos sintomas no caso de Sara, as diferenças entre cada criança, o prognóstico. Por isso, nunca perguntava nada, não insistia com falsas esperanças de melhora, como fazia a maioria dos pais. Encarava aquelas reuniões como um trago amargo que tinha de sorver a cada trimestre.

Também evitava qualquer comentário pessoal, não queria que a outra revolvesse lembrar os tempos de Rio de Janeiro.

Uma cidade tão grande, e morávamos no mesmo bairro. Que azar. Será que alguma vez nos cruzamos no supermercado sem saber que, um dia, viveríamos aqui? Ou no Aterro do Flamengo durante a caminhada dominical? Será que ela morava no lado nobre, de cara para a praia, ou na parte de dentro, perto do Catete ou do Largo do Machado? Se soubesse o que sei agora, ainda estaria ali. Infeliz, mas uma infeliz sem lastro.

*

O status de uma pessoa na vida pode ser definido pela porta por onde ela entra. À esquerda, está a entrada da creche, à direita, a do "centro-dia para a terceira idade", essa invenção dos países envelhecidos, que não sabem o que fazer com os seus idosos. De um lado, crianças de até 3 anos de idade, algumas com escassos meses de vida; do outro, pessoas que já passaram dos 60, a maioria, na verdade, ronda os 80. De um lado, pais com pressa para ir ao trabalho deixam os rebentos na esperança de que passem ali horas de tranquilidade, enquanto eles se debatem entre as obrigações diárias, a ambição e o sentimento de culpa; do outro, filhas e esposas entregam seus entes queridos nas mãos de psicólogos, fisioterapeutas e auxiliares de geriatria, cabulando maneiras de não se sentir tão sufocados. De um lado, horas pela frente de descobertas sensoriais, brincadeiras e sono reparador; do outro, sessões de estimulação cognitiva, trabalhos manuais e exercícios que tentam driblar a degeneração inevitável. De um lado, pais orgulhosos dos progressos dos seus pequenos; do outro, filhos, esposas ou maridos cada vez mais acurralados pelo que está por vir.

O empresário que teve a ideia de unir os extremos da vida em dois estabelecimentos lado a lado era um gênio dos negócios, pensou Isabel depois de estacionar e passar alguns minutos observando o movimento das pessoas que batiam numa porta ou na outra. Sentiu uma agulhada de inveja das jovens mães que saíam com seus filhos no colo. Algumas apertavam as crianças entre os braços, mordiscando as bochechas e fazendo cosquinha, como quem diz "Ai, que saudades". Outras eram mais práticas e corriam logo em direção ao carro, atavam cuidadosamente a prole nas cadeirinhas e se sentavam no banco do motorista. Durante aqueles minutos que esteve ali, Isabel não viu nenhum homem chegando. Nem na creche nem no centro-dia. Os homens eram paparicados durante a vida toda, e a maioria ainda não tinha descoberto as agruras do cuidar.

Quando o neurologista lhe falou sobre os centros-dia, Isabel rejeitou a ideia. Não conseguia imaginar Antonio no meio de velhos caquéticos, com quem não teria nada em comum. Nenhum deles poderia discutir Heráclito com o seu marido, pensou em argumentar, mas calou-se porque sabia que o próprio Antonio já não estava mais em condições de entender oximoros e antíteses. A soberba do médico a irritava. Tinha ganas de levantar da cadeira e desfazer aquele cabelo engomado, apontar-lhe o dedo no nariz e gritar.

O senhor está vendo esse homem aqui? Parece pouca coisa, né? Nem sabe direito em que ano estamos, titubeia nas respostas, baixa os olhos quando não sabe. Mas fique sabendo que ele é enorme. O senhor não vale um peido, uma excreção dele. Nem uma sequer. Ele deu aula nas maiores universidades do Brasil. Era catedrático. Vinha gente de tudo quanto é lugar tirar dúvidas com ele sobre filosofia. E longe dos livros, ele é ainda mais grandioso. Sobreviveu aos bombardeios da Guerra Civil Espanhola dentro da barriga da mãe dele, imigrou, criou a si mesmo, cativou centenas de pessoas ao longo da vida, espalhou sabedoria por todos os lugares por onde passou. Cada frase dele era absorvida pelos alunos como se na sua voz estivesse o próprio sentido da vida, a chave para compreender o outro. Suas palavras não eram simplesmente ouvidas, as pessoas se impregnavam delas, se deixavam embeber. Não porque tivessem medo, como os seus pacientes, mas porque viam nele uma esperança de entender o mundo.

Isabel, entretanto, olhava o médico muda, quase submissa, com temor do que ainda poderia ouvir, como uma criança que não protesta demasiado para não piorar as coisas para o lado dela. Quando a pontuação nos testes caiu, o médico ressuscitou a ideia do centro-dia. Chegou mesmo a dizer que era imprescindível. Diante de adjetivo tão peremptório, Isabel cedeu.

Pensou que Antonio, como ela a princípio, rejeitaria a ideia, diria que aquilo era um absurdo. "Morena, você está pensando que sou o que para passar a manhã com esses velhos?" Mas ele não disse nada. Aceitou o novo destino com uma conformidade bovina. Nos primeiros dias, limitou-se a comentar que era um pouco entediante ficar ali a manhã toda, que os outros velhos eram esquisitos. Depois, as horas passadas no centro-dia transformaram-se na sua rotina, como se não tivesse feito outra coisa na vida.

Isabel resmungou calada. Tinha de sair do carro e pegar Antonio, mas poderia passar o resto da tarde ali dentro, assistindo ao desfile de vidas alheias que se sucedia no outro lado da calçada. Gostava de imaginar quem tinha cara de feliz, de angustiada, de perdida, de ansiosa. Em algumas mães, às vezes, vislumbrava uns segundos de pânico no olhar. Talvez estejam pensando no regueiro de tarefas pendentes que deixaram no trabalho. Ou em como gostariam de deixar o filho na creche e só voltar dali a uma semana.

Desejos inconfessáveis. Quem não os tem? Isabel saiu do carro, atravessou a rua, tocou a campainha do centro-dia. A diretora a viu através das janelas de vidro, foi buscar Antonio em algum canto, veio de braços dados com ele, abriu a porta, fez os cumprimentos de sempre e depois disse o que levava dias esperando para dizer.

— A senhora pensou sobre o que eu lhe comentei outro dia? A história da terapia de grupo.

— Ah, sim. Desculpe, tinha esquecido esse assunto. São tantas coisas para pensar — mentiu.

— Entendo. Por isso resolvi lhe falar sobre o tema outra vez. Amanhã temos uma sessão. É uma vez a cada quinze dias. Penso que a senhora pode gostar. Os familiares que começam a participar não costumam se arrepender. É uma oportunidade de ouvir pessoas que estão passando por uma experiência muito parecida. Se a senhora não quiser falar, não há problema. Há quem prefira apenas ouvir. Respeitamos o tempo de cada um. Além disso, durante a sessão, Antonio pode permanecer no centro-dia e participar de alguma atividade.

Isabel buscava uma maneira de se escafeder, mas não lhe vieram as palavras. Antonio começava a perder a paciência, puxava levemente a sua mão, queria ir para casa.

— Agora não tenho muito tempo para conversar, mas pode deixar que vou pensar no assunto.

— Tudo bem. Faça uma forcinha para vir amanhã. Ficaremos muito felizes de contar consigo.

Isabel se despediu pensando em que desculpa poderia arrumar para a próxima vez que a diretora mencionasse o assunto. *Era só o que me faltava. Frequentar uma espécie de alcoólicos anônimos para familiares de pessoas com demência.* Riu da analogia e se imaginou entoando diante do grupo: *Só por hoje. Só por hoje não deixarei o medo me dominar, não sucumbirei à tentação de imaginar cenários catastróficos, não sentirei raiva do mundo que me colocou nessa situação, não desejarei que qualquer acontecimento fortuito me leve para um lugar bem longe daqui, não me verei como a mais infeliz das criaturas por ter perdido o homem que amo ainda em vida, não me injetarei doses tão elevadas de autocomiseração. Só por hoje não esquecerei quem é o Antonio de verdade, o Antonio que eu conheci.*

O riso se transformou numa careta de dor. Isabel estancou diante da porta do carro e apertou a mão do marido com mais força, como quem se agarra a um pedaço de raiz na margem do rio para não ser levada de roldão. Olhou para ele buscando a ternura e a compreensão de outros tempos. As lágrimas que até então hesitavam, enfim, transbordaram quando ela reconheceu nos olhos de Antonio a chispa que antes lhe aquecia sempre que necessitava. Ele soltou a sua mão, passou os dedos pelo seu cabelo preso e sorriu.

— Que foi, meu amor? O que aconteceu?

— Nada, Antonio, nada. Vontade de ir logo para casa.

Os dois se abraçaram longamente. Ela fungou o olor que desprendiam suas têmporas, fechou os olhos e permaneceu colada ao seu corpo um pouco mais de tempo.

Diante de Antonio, em cima da mesa, havia uma folha de papel com o desenho de vários relógios. Todos iguais, redondos, com os algarismos arábicos, mas sem ponteiros. Cabe a ele desenhá-los segundo a hora que o exercício peça. Nove horas em ponto. Essa é fácil. Os ponteiros têm de estar no nove e no doze. Mas a tarefa pode se complicar. Vinte para as onze. Antonio levanta a vista na direção de Isabel, dubitativo.

Ela se mantém impassível, mas, por dentro, é como se as agulhas que antes marcavam o ritmo da sua vida estivessem rotas. Não há mais tempo para as conversas que adentravam a noite, conversas nas quais ele lhe ensinava a entender a existência, a olhar para si e reconhecer tudo de bom e de ruim, sem julgamentos. Esse tempo está se extinguindo junto com as conexões neuronais de Antonio. Agora ela tem de lutar para que ele continue sabendo ver as horas no relógio, que consiga desenhar os ponteiros no lugar certo, que compreenda o mecanismo pelo qual atravessamos os dias, que nos tira a vida lentamente.

Temeroso, Antonio ensaiou traçar as linhas dos ponteiros. Sobre qual seria a posição correta do segundo, vacilou, mas, no final, conseguiu acertar. E Isabel exalou longamente, como quem acaba de ganhar uma prorrogação. Uma prorrogação inútil porque a partida estava perdida, irremediavelmente perdida. Como todos os perdedores que se sabem perdedores, ela tentava adiar o fim, mendigar mais alguns minutos de jogo na expectativa de um golpe de sorte. Os azarões às vezes ganham, dizia para si mesma.

Isabel queria ser como os integrantes das tribos guaiaquis ou guaranis, já não lembrava muito bem, que comiam seus rivais para, assim, introjetarem suas qualidades, seus valores, sua força. Era um desperdício que todo o conhecimento acumulado, toda a sabedoria, experiência e vitalidade de Antonio se perdessem para sempre, sufocadas por camadas de proteína asfixiando seus neurônios.

— Quando alguns homens morrem, é como uma biblioteca em chamas — recitou de cor Isabel, lembrando-se de uma frase do pensador malinês Amadou Hampâté Bâ.

No caso de Antonio, mesmo antes da sua morte física, o fogo já tinha provocado um estrago devastador. Ela via toda essa matéria sendo devorada, entrando em combustão, e queria preservá-la de algum modo, encontrar uma maneira de praticar um canibalismo simbólico, ingerir todas as histórias que ele lhe contara ao longo da vida, seus conceitos originais, suas opiniões pertinentes, suas tiradas brilhantes, de tal modo que, um dia, quase sem se dar conta, Isabel acordaria e já não seria ela, mas sim uma mistura dos dois. Um guerreiro com novos poderes depois de ter se deleitado com a carne do integrante da outra tribo.

Muito antes de o senhor Alzheimer entrar na vida do casal, Antonio previu essa possibilidade, a da antropofagia. Numa conversa de fim de noite, Isabel, tomada de um medo repentino, como uma criança que desperta de madrugada e se dá conta do perigo da escuridão, disse que não sabia o que seria da sua vida quando ele não estivesse mais ao seu lado. Antonio deu seu meio-sorriso habitual e vaticinou:

— Morena, você vai incorporar tudo o que é meu que seja do teu interesse ou que considere bom. Vai incorporar de tal forma que nem perceberá mais que aquilo não é originalmente teu. Será como se você sempre tivesse pensado essas coisas ou visto o mundo dessa ou daquela maneira. Quando algo é muito bom, e a sua fonte está repleta de amor, você assimila e esquece. Passa a ser teu patrimônio pessoal. Então, morena, eu estarei sempre vivo, presente nos teus gestos, na tua maneira de apreciar a natureza, de encarar a vida. De certa forma, vemos o mundo através da lente das pessoas que amamos muito, que nos marcaram de verdade.

*

Silvia dividia seu olhar entre a televisão e Sara, sentada diante do computador. A mãe assistia a uma novela brasileira, das muitas que passam na televisão portuguesa. A filha estava concentrada num vídeo de desenho animado no YouTube. A maneira como fazia isso, no entanto, era peculiar e, por que não dizer, quase enlouquecedora. Ela avançava e retrocedia compulsivamente, de modo que nunca via o vídeo completo. Mickey, Minnie e Pateta repetiam as mesmas frases de forma ininterrupta e entrecortada, como um disco arranhado. Quando Silvia reclamava, a menina tentava se controlar, mas era mais forte do que ela. O ritual de vaivém apenas teria fim quando a mãe baixasse o volume do computador. Só assim poderia ouvir os diálogos na televisão.

Os vídeos eram a única coisa capaz de tranquilizar Sara. Por isso, a mãe sempre cedia, ainda que ela não tivesse cumprido com nenhuma das rotinas que a professora jurava serem tão importantes. *Que se lixem as rotinas*, pensava Silvia. O problema era que Sara não assistia aos vídeos como as outras pessoas. Aliás, nada nela era similar aos demais. Até o simples ato de comer tinha suas esquisitices. Parava no meio da mastigação para emitir ruídos bizarros, por exemplo. Ou, se a comida não fosse do seu agrado, levantava da mesa para executar algum dos seus movimentos estereotipados. E Silvia tinha de perder meia hora ou mais — se tivesse sorte — até que ela voltasse a se sentar.

Pois com os vídeos era a mesma coisa. Só desfrutava deles se fosse no estilo "disco arranhado". Às vezes, Silvia conseguia abstrair-se de tal maneira que era como se não escutasse, mas havia dias em que isso era impossível.

— Sara, por favor, para de fazer isso. Senão vou desligar o computador e se acabou por hoje — gritava, sabendo que não cumpriria a ameaça. Se não estivesse entretida com os vídeos, a menina ficaria insuportável.

Silvia não conseguiria dormir, passaria a noite visitando seus fantasmas, revendo cada uma das decisões que selaram seu destino, decisões que tomou porque não sabia o que lhe estava reservado. É a sina de todas as pessoas, fazer escolhas desconhecendo o seu resultado, tendo de arriscar. No caso de Silvia, porém, o desfecho das suas ações — algumas nada éticas — se chamava Sara, e ter Sara na sua vida supunha pagar um preço muito alto pelo desejo da maternidade.

Pensou que ter um filho seria o fim da sua solidão, como se alguém pudesse se livrar da própria pele. Não casou, teve poucos namorados, a vida foi passando, Silvia se via cada vez mais velha e feia. Primeiro, cuidou do seu pai quando sofreu um acidente vascular cerebral e ficou numa cadeira de rodas. Depois, da mãe viúva, que demorou tanto a morrer que, quando Silvia se deu conta, havia passado demasiado tempo. Tinha mais de 40 anos, era pouco atraente, nulo traquejo social, nenhum amigo. Nunca tinha trabalhado, sempre se dedicara aos pais, portugueses que imigraram para o Brasil e amealharam um bom patrimônio. Eram donos do edifício onde moravam no Flamengo e de mais alguns imóveis espalhados pela cidade.

Silvia pensou em fazer o que se chama de uma produção independente, mas que homem a levaria para a cama? Depois teve a ideia de se submeter a um tratamento de fertilização artificial. Foi a uma clínica especializada, apesar de, na sua idade, a possibilidade de sucesso na primeira tentativa ser muito baixa.

Mesmo assim, seguiu em frente, tomou doses cavalares de hormônios (era preciso transformar o útero num colchãozinho acolhedor, pronto para receber e fixar o embrião), escolheu o perfil do doador de esperma (queria um homem branco, jovem, que tivesse curso superior, credenciais consideradas por ela idôneas para o futuro pai do seu filho) e esperou. Fez uma primeira tentativa, uma segunda e uma terceira, quando a aconselharam a repetir o tratamento usando óvulos de uma doadora jovem. Os dela pareciam estar caducados.

— Isso quer dizer que o bebê não terá absolutamente nada meu.

— Sim, Silvia. Mas não se pode ter tudo. Fizemos três tentativas com os seus óvulos. Não conseguimos. É preciso partir para outras opções. Com um óvulo jovem, de uma mulher de menos de 30 anos, por exemplo, as chances podem chegar a 50%.

Enquanto Silvia se debatia entre essas possibilidades, a vida resolveu por ela. Ou, pelo menos, gostava de pensar assim, que tudo tinha sido obra do acaso, que as coisas se orquestraram de tal maneira que não pôde fazer diferente. Isso era no que tentava acreditar. Havia dias, no entanto, que eram do contra, que nasciam sem a menor intenção de lhe facilitar a existência, que desde a primeira hora da manhã lhe apontavam o dedo na cara, como quem diz "Então? Você pensou que era muito esperta, não é? A Sara é para você aprender a nunca mais tentar passar a perna na vida. Ela só te dá o que acha que deve te dar. Não tente arrancar as coisas à força que não dá certo".

Se Antonio conhecesse Silvia, diria que ela pecou por *hybris*, um dos seus conceitos gregos favoritos. Ele se sentaria ao seu lado, ali mesmo no sofá onde ela tentava assistir à televisão, lhe dedicaria um olhar cheio de doçura complacente, o que muitas vezes dirigia aos alunos, alguns nitidamente perdidos, mas nem por isso menos desejosos de aprender.

"Morena, a desmedida é uma falta imperdoável para os deuses. Soa a insolência. Não podemos querer as coisas a qualquer preço, transgredindo os limites impostos pela vida. Cada um tem a sua cota de felicidade, realizações, perdas, fortuna e infortúnio. Querer driblar isso, insistir no ardor excessivo, é soberba, e se paga uma fatura alta por tentá-lo. Os deuses sempre arranjam uma maneira de te colocar no teu lugar outra vez, de dobrar o teu orgulho."

*

Quando Isabel foi buscar Antonio no centro-dia, a diretora insistiu no tema da terapia de grupo, que estava prestes a começar. Escancarou a porta e apontou para uma sala ao fundo, onde, segundo ela, algumas pessoas já estavam se acomodando. Isabel não tinha pensado em uma boa desculpa e se viu sem saber o que dizer. Consciente da sua ambivalência, a diretora não desviava os olhos dos dela.

— Isabel, faça uma experiência hoje. Se não gostar, não volte mais e pronto. Prometo que não insistirei.

Não sabia bem por que, mas Isabel se sentia como uma criança que os pais tentam arrastar para uma atividade não muito prazerosa, mas que, segundo eles, lhe fará um bem imenso. Olhou Antonio de soslaio, e a diretora — que se chamava Cristina e era psicóloga — registrou imediatamente o movimento.

— Não se preocupe com Antonio. Daqui a pouco vai começar uma oficina de colagem, e ele pode participar.

Não lhe apetecia nada escutar as lamúrias dos outros familiares. Já chegavam as suas, que era obrigada a ouvir porque gritavam dentro dela com um megafone. Por preguiça de buscar argumentos convincentes, Isabel aceitou o convite, pensando que a sua presença naquele dia seria uma concessão pontual. Depois, já teria uma justificativa para não ir mais, ancorada no fato de que tinha sido flexível, fizera uma experiência. Subestimou a hipótese de o encontro quinzenal tornar-se não apenas terapêutico, mas uma chave que lhe permitiria sair da espiral de raiva, pena e medo em que naufragava.

Cristina a encaminhou até a sala onde aconteceria a terapia de grupo. Dentro, umas doze pessoas já estavam sentadas em cadeiras de plástico dispostas em círculo. Ao lado de uma delas, havia uma mesa pequena e redonda com um cesto em cima. Isabel cumprimentou as mulheres timidamente, sem reconhecer nenhuma delas. Deu-se conta de que não conhecia ninguém do centro-dia, além das funcionárias. Nunca tinha trocado nenhuma conversa rápida nem mesmo um olhar com ninguém ali dentro. Era como se tivesse medo de se misturar e, assim, ficar ainda mais patente a situação em que se encontrava. Arrependeu-se de ter cedido, porque agora não teria escapatória. Ao sentar ali e ouvir aquelas histórias, seguramente muito parecidas com a sua, não teria mais escusa, não poderia mais escamotear a dor do que estava vivendo e do que ainda viveria nos próximos meses e anos.

Isabel escolheu uma cadeira e se sentou cambaleante. Fantasiou que poderia simular que não se sentia bem e ir embora. O olhar atento de Cristina, no entanto, era como uma mão firme sobre os seus ombros, fazendo pressão, obrigando-a a sentar e aguentar os próximos cinquenta minutos. A diretora começou por apresentá-la ao grupo, composto só por mulheres, algumas mais ou menos da sua idade, outras muito mais velhas. Isabel sorriu sem jeito, com o coração disparado como o de uma adolescente. As outras também sorriram, como quem diz "Tranquila, sabemos o que você está passando".

Cristina deu início à sessão, perguntando quem gostaria de tomar a palavra. Uma mulher de meia-idade, baixa e muito magra, levantou o dedo.

— Pode começar, então, Ivone.

A mulher foi breve, mas falou com tal carga de emoção na voz, que foi impossível a Isabel ficar indiferente. Agradeceu ao grupo, disse que, pela primeira vez em meses, voltara a fazer coisas das quais sempre gostara, que estava tentando sair da submersão em que estivera nos últimos meses.

— Antes, todo final de tarde, saía para caminhar no parque perto da minha casa. Encontrava algumas vizinhas e, às vezes, íamos tomar um café. Desde que minha mãe ficou assim, deixei de fazer qualquer coisa que fosse só para o meu prazer. Tinha medo que lhe passasse algo, que ficasse sozinha em casa e tentasse escapar, que provocasse um acidente na cozinha, que abrisse a porta para algum estranho. Então, passei a ser a sua carcereira e, sem perceber, tornei-me também uma prisioneira. Aquilo estava a dar cabo de mim. Esta semana, tentei recuperar uma parte da minha rotina. Conversei com o meu irmão, convenci-o a duas vezes por semana ficar com a minha mãe umas duas horas, o tempo suficiente para eu fazer a caminhada e tomar um café com alguém. Ele aceitou, e só isso, essa pequena mudança na rotina, me está a fazer um bem enorme. Obrigada.

A mulher terminou o relato abruptamente, porque o choro lhe embargou a voz. Isabel a olhava hipnotizada, como quem descobre que pode chorar e se comover entre os seus pares sem correr o risco de ser rebaixado na escala zoológica. A Isabel sempre lhe impressionara a capacidade de algumas pessoas de se emocionar em público, de soltar o freio de mão das emoções sem medo de descer ladeira abaixo, sem medo do olhar crítico que nos julga a todas as horas, o "grande irmão" que vive dentro de nós.

Outras pessoas no grupo pediram para falar, algumas comentaram a fala de Ivone, outras permaneceram em silêncio, mas sempre atentas. Perto do final da sessão, Cristina pegou o cesto que estava em cima da mesa, meteu a mão dentro como quem vai fazer um sorteio e pinçou uma folha branca dobrada em quatro.

— Isabel, deixa eu te explicar uma coisa. Na terapia de grupo, também trabalhamos com textos escritos. Há pessoas que se sentem mais à vontade ao escrever. Então, quem quiser pode, antes de começar a sessão, colocar um texto aqui dentro do cesto. Pode ser anônimo, sem problema algum, mas deve ser curto. Escolhemos um deles para que uma voluntária o leia. É outra forma de abordar o que nos traz aqui.

Cristina olhou a todas, uma por uma, e perguntou se alguém queria ser a leitora daquele dia. Como ninguém fez menção de se candidatar, a diretora pediu a Isabel, estendendo-lhe a folha, como se lhe fizesse um convite. Ela assentiu meio sem jeito. Ao desdobrar o papel, viu que era um texto pequeno, com letra redonda e miudinha, quase infantil. Os dedos da mão formigavam. Levantou a mirada em direção ao grupo, titubeando, mas Cristina a incentivou com um sorriso.

— Da mesma maneira que muitas pessoas fantasiam reencontrar seus mortos queridos, nem que seja por um breve momento, para um ajuste de contas ou só para matar as saudades, eu sonho reencontrar o meu pai. Chegar um dia em casa e, em vez de enfrentar a sua mirada infantil perdida, de quem perdeu a capacidade para entender o mundo, deparar-me com o olhar cheio de vida de antes. Ou levantar de manhã cedo e encontrá-lo a postos na mesa da cozinha. Ele sempre acordou antes de todo mundo, fazia questão de ser ele a pôr a mesa, torrar o pão, aquecer o leite, arrumar os *tupperwares* de queijo e fiambre, o pote de manteiga. Eu queria levantar os olhos do prato e encontrar os dele pendentes de cada movimento meu, não com a dependência de agora, mas com a ternura de antes. Sonho em ter o meu pai diante de mim, o meu pai de antes, o pai que sempre conheci, não o de agora, não o fantoche em que ele se transformou por causa da doença. Como os que sofrem pela ausência dos que se foram, eu sofro a perda do meu pai. A diferença é que ele ainda está vivo, sob o mesmo teto que eu, só que disfarçado, incógnito. Sonho com a possibilidade desse reencontro não para dizer algo que nunca tenha dito ou para esclarecer algum assunto pendente. Só queria ter o prazer de ser olhada novamente da maneira como ele costumava me olhar, com amor e aceitação.

Isabel terminou a leitura com um nó no estômago. O texto, sem assinatura, poderia ter sido escrito por ela ou por qualquer uma daquelas mulheres ali sentadas. Bastava mudar os sujeitos, o contexto, alguns detalhes, e aquele era o drama de todos os familiares das pessoas com demência. *Isso se chama identificação*, pensou.

Cristina deu a sessão por encerrada, e as pessoas começaram a se levantar, meio a contragosto, precisando acumular energia antes de iniciar qualquer movimento. Isabel demorou um pouco mais do que as outras. Era como se tivesse sido nocauteada pelas palavras da escritora anônima, que deu voz a coisas que sente sem nem se inteirar que as sente. Enquanto o seu corpo dilacerado tentava juntar os pedaços esparramados pela sala, ela teve uma espécie de epifania. Entendeu que não era melhor do que ninguém, do que nenhuma daquelas mulheres e quantas mais haja no mundo, nem melhor do que os pais dos seus alunos autistas, que lutam diariamente para aceitar a bordoada que a vida lhes deu junto com o nascimento do filho. Se eles tinham de enfrentar dramas desse calibre, quem era ela para acreditar que poderia estar imune?

Às vezes, o que parece óbvio só o é para os que estão do outro lado, fora do palco, sem ter de se preocupar com o seu desempenho no espetáculo ou com a sintonia dos atores ou com a *mise-en-scène*. Quem está imerso perde a perspectiva. *Que dramalhão mais clichê, Isabel,* disse para si mesma, abanando a cabeça. *Que papelão, minha cara.* Saiu sem se despedir de ninguém, mas com a certeza de que tinha de voltar.

Antes de dormir, Isabel sentou no seu escritório. Começou a remexer papéis e abrir gavetas. Queria encontrar uma pasta que estivesse vazia. Guardaria nela os textos que pensava escrever para a terapia de grupo. Pegou uma cor de laranja que lhe pareceu nova, deslizou a mão sobre a sua superfície lisa e brilhante. Sempre adorou os materiais de papelaria. Poderia passar uma tarde inteira numa loja dessas, folheando cadernos, apalpando pequenos objetos como borrachas, apontadores, pinças, clipes, bulindo nos envelopes de diferentes tamanhos e nos papéis de carta desenhados. Os lápis e as canetas eram a sua perdição. Gostava dos coloridos. De cada viagem, sempre trazia uma caneta que evocasse o lugar visitado. A maioria acabava se perdendo entre tantas miudezas que armazenava nas estantes, em cima da mesa, nas gavetas.

Isabel pegou uma etiqueta e colou-a no centro da pasta. Escreveu "terapia de grupo". Pensou no que gostaria de escrever sobre Antonio, sobre o seu Antonio, não o dos informes médicos ou o frequentador apático do centro-dia. Fantasiou que estava prestes a revelar ao mundo quem era realmente o seu marido, a pessoa fascinante que a cativou desde o momento zero, de pé no tablado da sala de aula, andando devagar de uma ponta a outra, enquanto costurava seus pensamentos sobre a filosofia pré-socrática. Sedutor, sem jamais mensurar o alcance dessa sedução, como se fosse uma característica que existisse à sua revelia.

Deixou a pasta de lado e seguiu fuxicando nas gavetas. Uma pasta azul com o título “correspondência” lhe chamou a atenção. Ao abrir, percebeu que pertencia a Antonio. Além de envelopes, continha algumas fotos de obras de arte, cartões-postais, desenhos e papéis soltos. Isabel pegou num deles. Eram três folhas datilografadas, com uma data antiga, próxima à época em que o casal se conhecera na universidade. Ao começar a ler, percebeu que era uma carta de Antonio para a filha Carmen, que Isabel vira poucas vezes porque eles não tinham um bom relacionamento desde o divórcio da mãe dela. Não dava para concluir se tal carta tinha chegado a ser enviada ou não. Aquela poderia ser apenas uma cópia. Ou o original que ele desistiu de mandar.

Quem é Antonio? Assim sem acento mesmo porque em espanhol não o tem. Há perguntas que ultrapassam a nossa capacidade de respondê-las, minha filha. Em todo caso, tentarei. Antonio é um nome genérico que serve para muitos milhares de homens e, como a própria palavra homem, se refere a um ser universal. Sobre esse Antonio, que pode ser todos ou nenhum, nada tenho a dizer. No entanto, sobre os Antonios que existem na tua vida, poderia tentar falar algo. Mas temo que a tarefa ainda seria muito grande, levando-se em conta a minha ignorância a respeito de outros Antonios que talvez você conheça.

Dentre todos eles, porém, há um que me parece primordial, porque foi um dos seres que te engendraram. Sobre este Antonio em particular, tenho algumas coisas a transmitir. Aparentemente, através da imagem no espelho, eu deveria desvendar o verdadeiro significado de quem é o ser que me olha do outro lado, mas, quando procuro atrás do reflexo, nada encontro. Posso controlar suas mãos como controlo as minhas e descubro que aquele ser que controlo deve ser a imagem de mim mesmo ou outro eu igual ao meu próprio eu. A vida, no entanto, é muito mais complicada do que parece. Tenho a impressão – para não falar a certeza – de que eu procurei minha imagem refletida num outro espelho anterior, o único espelho vivo que existe, os olhos do outro. Eram esses olhos que eu procurava nos olhos da minha mãe, filha. Eles deveriam refletir a minha essência, o meu ser integral, sem artifícios, o brilho da minha alma refletido no brilho dos seus olhos.

Penso que essa deveria ser uma fase de transição no desenvolvimento da capacidade de entender, fase na qual o espelho propriamente dito seria um artefato na procura de mim mesmo. Porém, o que deveria ter ficado para trás, como uma fase ultrapassada, ainda hoje, com tantos anos de vida – confesso –, persiste. Em cada olhar de mulher, percebo a minha procura incansável, infinita e insatisfeita da minha imagem naqueles olhos e naquela alma que me espreitam. Quando beijo os lábios de uma mulher, meus olhos se fecham, não por pudor ou costume, mas por fidelidade e devoção a um encontro infinito e, acima de tudo, presente. Assim, o que deveria ser passado, minha filha, continua sendo uma busca atual, tão viva quanto o meu corpo.

A dificuldade de descobrir o Antonio decorre do fato de que devemos nos despir de tudo o que supostamente sabemos de Antonio. Há duas imagens/vivências que são as primeiras das quais tenho registro na memória. Na primeira delas, aparece o quarto dos meus pais, onde ficava o berço. Na hora da sesta, cortinas puxadas, ambiente semiescuro, o desenho abstrato da cortina realçava alguns traços cinza de um palmo de largura e caía em direção ao chão. O medo me dominava. Os reflexos me enchiam de angústia. Fechava os olhos e tentava fingir que dormia até que o sono viesse em meu auxílio. Essa capacidade de atribuir vida e morte aos objetos que me rodeiam continua tão presente em mim que, às vezes, tenho que me esforçar para frear a minha imaginação. Como se ela não fosse a expressão dos meus próprios desejos, de mim mesmo, este eu que cria um rio que me engole e que, quanto mais abstrato, mais ambíguo, mais fácil para mim transformá-lo num ser que quer me sufocar e me fazer desaparecer no infinito.

A segunda lembrança sobre a qual queria te falar é uma experiência que tive quando tinha três anos, mais ou menos. Eu engatinhava num prado com a minha mãe ao lado. Num determinado momento, me aproximei de um pequeno canal de água. Caí dentro dele, mas a profundidade não era maior do que a minha barriga. Ainda assim, gritei de medo, medo do buraco que ia me sugar. Minha mãe veio correndo, me salva e me carrega nos braços, todo molhado, em direção à casa. Num quarto, em cima da cama, rodeado por ela e por outras mulheres, tal qual um sultão no seu harém, eu rio feliz de vê-las querendo me pegar e agradar.

Filha, nunca mais na vida deixei de correr, chorar, procurar reviver esse momento, que busco incessantemente, como se, ao alcançá-lo, pudesse, enfim, retê-lo para sempre em um tempo eterno e feliz. Apesar dos meus repetidos fracassos em mantê-lo e da transitoriedade do que vivemos, essa vivência continua sendo determinante e impositiva. E vou atrás dela como uma criança que a mãe puxa pela rua…

Para terminar, gostaria de dizer que Antonio é triste, deprimido, voraz, sufocante e vazio. Assim, estou eu aqui, vítima dos meus desejos, da minha boa vontade, do meu eterno recomeçar, que acaba sempre se frustrando. Reconheço que talvez isso aconteça por não saber discriminar direito os meus parceiros e onde deposito minhas expectativas. Desta vez, porém, que espero seja a última, tomarei todos os cuidados para proteger a mim e ao meu relacionamento. Suspeito, no entanto, que, para que esta história tenha sorte, precise deixar de ser a vítima bem-intencionada e assumir-me como responsável pelo sentimento de culpa que venha a me provocar na vida.

Espero que, um dia, me entendas, minha filha. Um abraço.

No revés da última folha datilografada, havia uma poesia escrita à mão em espanhol.

¿Quién es Antonio?
¿Quién eres tú?
¿Qué hago con Antonio?
¿Qué haces contigo?
Lloro.
Me confundo.
Me desespero.
Entristezco.
Ya sé quién eres tú.
O quién soy yo.
¿Quién es Antonio?
Es él, pero no lo es.
¿Quién es él?
Fui yo, pero ya no lo soy.
¿Quién eres tú?
Soy el yo que ya no existe.
Persiste.

Quem só tem um não tem nenhum

Quando Maria estava grávida do que viria a ser o seu único filho, a Guerra Civil Espanhola assolava Madri e, quase todos os dias e inclusive mais de uma vez por dia, havia que se esconder em um dos muitos refúgios antiaéreos da cidade. Ao escutar a sirene, a população deixava imediatamente o que estivesse fazendo e corria em direção ao refúgio mais próximo. Os que tivessem a sorte de ter um por perto.

Durante sete ou oito meses da gravidez, Maria cumpriu o que ditavam as regras de segurança, mas no final da gestação, com a barriga enorme, os pés inchados, a dor nas costas transformando todos os movimentos em sacrifício, desistiu. Escutava a sirene, ouvia os passos dos vizinhos descendo as escadas do edifício a toda pressa e continuava na cama. A primeira vez que o fez, sentiu medo. Sabia que estava colocando a sua vida e a do bebê em risco. O bebê que ela queria que fosse o primeiro de muitos, apesar de já ter 40 anos, mas foi o único que vingou.

Depois da sirene e da correria dos vizinhos, dominava o silêncio, seguido pelo ruído dos aviões. E das bombas caindo.

Deitada de lado, com uma mão sobre a barriga, olhos fixos na parede, Maria fazia cálculos mentais sobre a que distância teria caído a bomba, se os aviões já tinham sobrevoado o bairro e se afastado ou estavam exatamente sobre a sua cabeça. Quando o ruído se diluía, voltava a respirar com normalidade e adormecia, seu maior vício na etapa final da gravidez.

A primeira vez que decidiu não correr para o refúgio, foi como se estivesse cometendo uma transgressão, algo de que se envergonhar, um segredo que não poderia contar a Pepe, o marido que estava lutando na guerra ao lado dos republicanos. Na segunda, a permanência em casa lhe pareceu mais natural, e na terceira, era como se o seu comportamento fosse o mais sensato do mundo. E assim foi até o momento do parto de Antonio, em pleno inverno.

O bebê tão desejado nasceu no dia 7, mas como o pai só obteve a licença de guerra dez dias mais tarde, a data registrada no cartório foi a de 17. Naquela época, se pagava uma multa por não registrar uma criança tão logo nascesse, e os pais de Antonio não estavam para pagar multas. Assim, durante dez dias, ele permaneceu fora do tempo, numa realidade paralela, na qual ainda não existia oficialmente, mas apenas no coração de quem tanto sonhara com a sua chegada. Essa falsa data de nascimento também era uma anedota na vida de dois portugueses que Antonio admirava muito, José Saramago e Eduardo Lourenço.

Anos mais tarde, quando contava essas histórias ao filho, Maria se divertia relembrando o passado. Narrava o episódio como uma espécie de travessura, sem imaginar que Antonio poderia se assustar.

— Que mãe é essa que arrisca a vida em nome da preguiça?

Mais tarde ainda, quando era estudante de filosofia no Rio de Janeiro, entendeu que o problema da mãe não tinha relação com a preguiça, mas com a onipotência. E ele nasceu a despeito da onipotência materna.

Durante os primeiros anos da infância, Antonio presenciou o fim da Guerra Civil, o início dos chamados "anos de fome" e as cinco tentativas da mãe de ter mais filhos. A cada intento, a expectativa crescia. Será desta vez? A gestação avançava, cumpria as 37, 38 semanas de praxe, mas não chegava a termo. O feto já completamente formado tinha de ser enterrado como se algum dia tivesse feito parte do reino dos vivos. Em duas das vezes, os irmãos chegaram a nascer, mas duraram poucos dias.

No período pós-parto ou pós-aborto, os adultos mantinham Antonio isolado da mãe. Durante semanas, mal podia vê-la. Apenas vislumbrava uma silhueta na cama através da porta entreaberta. Mulheres entrando e saindo com bacias de água quente, panos, cobertores, unguentos. O pai sempre cabisbaixo. Assim que terminava o resguardo, Maria partia rumo a mais uma gravidez. Apesar de o médico ter desaconselhado que seguisse tentando, ela fazia ouvidos moucos.

"Quem só tem um não tem nenhum", pregou durante toda a vida, mesmo quando já estava velha e a descendência morta não passava de uma má lembrança.

Antonio escutava essa frase e não sabia como interpretá-la. *Isso significa que posso morrer a qualquer momento? Ou será que tenho tão pouco valor que é como se ela não tivesse tido nenhum filho?*

Em um dos períodos de convalescença da mãe, Antonio passou a manhã brincando com um coelho, animal que o pai costumava comprar quando ainda eram filhotes, na expectativa de que crescessem o suficiente para se transformarem em almoço. O menino pegava o coelhinho no colo, deslizava a mão sobre o pelo macio, segurava-o pelas patas dianteiras como se fosse um bebê. Encostava o rosto próximo ao seu focinho à espera de sentir o hálito do animal, como acontecia quando os adultos esfregavam a cara na sua. Manipulava o coelho como se fosse um boneco de trapo, encantado com a sua leveza e docilidade. De repente, teve a ideia de guardá-lo numa das gavetas da cozinha, enquanto ele ia fazer outra coisa. Quando voltou, uma hora depois, abriu a gaveta e se deparou com um corpo paralisado.

Demorou a concluir que estava morto. Nunca tinha visto um defunto, de nenhum tipo. Quando se deu conta, pegou-o com as duas mãos estendidas e correu em direção ao quarto onde estavam todos ao redor da cama dos pais.

— Mãe, matei o meu irmãozinho, mas não tive culpa, juro. Foi sem querer — gritou, choroso.

As mulheres riram da ingenuidade de Antonio e o consolaram. Anos depois, no divã do psicanalista, descobriu o quanto se sentia culpado pelos natimortos porque uma parte sua não queria rivais na disputa pelo amor materno. E entendeu também o porquê do desejo de ter uma família grande, com cinco filhos.

Antonio herdou de Maria a obsessão pela prole numerosa. A mãe só desistiu quando a natureza disse “basta” e ela não conseguiu mais engravidar. Apesar de que sempre foi uma mulher risonha, falante, chamativa pela sua beleza, amante das touradas, carregou uma sombra no semblante o resto da vida. Nunca se conformou em ter apenas um filho. “Quem só tem um não tem nenhum”. No seu interior mais recôndito, culpava a si mesma pelo fracasso. Esperara demasiado. Se não tivesse ficado à espera do namorado que fora a Madrid estudar direito, poderia ter se casado mais jovem e teria tido mais tempo para continuar tentando.

Quando o namorado se foi à capital, Maria não temeu pelo relacionamento. Acreditou que era um sinal positivo, que o seu futuro marido seria advogado e eles poderiam ter uma boa vida. Ao terminar os estudos, ele voltaria a Ampuero, sua cidade natal no norte de Espanha, e se casariam. Os anos foram passando, e as visitas do jovem, escasseando. Até que deixou de aparecer. Apenas mandava uma carta ou outra ao longo do ano. E um dia, as cartas também deixaram de chegar. Maria, no entanto, cometeu o erro de esperar pacientemente, como se ele tivesse ido às compras e pudesse surgir a qualquer momento.

Durante uma festa de verão, conheceu Pepe, um jovem de Madri que visitava a região com uns amigos. Quatorze anos mais jovem do que ela, ele se deixou encandear facilmente. Maria vislumbrou a oportunidade de retomar o seu projeto familiar. Começou mentindo sobre a sua idade. Nunca lhe confessou — nem depois de quarenta anos de casamento — que ela nascera nos estertores do século XIX. Naqueles tempos, o registro civil era algo que se poderia classificar, no mínimo, como amador. Cada um anotava o que lhe parecia, as grafias eram ao gosto do freguês, e a certeza sobre a veracidade dos fatos narrados, nenhuma. Foi assim que Maria, já adulta, conseguiu uma segunda via da sua certidão de nascimento em que constava que tinha nascido no início do século XX.

Pele branca imaculada, longos cabelos negros, seios fartos e altivos, a mãe de Antonio passava facilmente por uma mulher de 30 ou 32 anos. Uma solteirona, de todas as formas, segundo os padrões da época. Pepe, no entanto, não deu importância a esse detalhe. Apaixonou-se de imediato e, ao contrário do advogado, voltou três meses depois com tudo preparado para o casamento. A partir daí, começou a luta de Maria contra o tempo. Com um marido jovem e fogoso, poderia encadear uma gravidez na outra durante uns cinco ou seis anos, previu Maria.

Ela só não contava que seria vítima do que na sua terra se chamava *las cuentas de la lechera*, uma história de sabedoria popular sobre uma jovem que passava pelas casas de manhã cedo vendendo garrafas de leite. Durante o caminho, fazia cálculos sobre quanto venderia naquele dia e o que poderia comprar com essa quantia. Distraída nos seus devaneios matinais, ela tropeça e derruba todas as garrafas, que se quebram. Assim, não vende nada, e os seus sonhos caem por terra, literalmente.

Maria tantas vezes escutara essa história, mas nunca apreendeu o seu real sentido. Ao confabular que seria a mãe de uma família numerosa, que os corpos dela e do marido funcionariam em uníssono para realizar esse sonho, que a procriação era um ritual instintivo como o de um cachorro que sente o cheiro do cio e monta a fêmea sem pedir permissão, que bastava abrir as pernas e depois mantê-las levantadas durante uns minutos para não desperdiçar nenhuma gota de esperma, como lhe ensinou uma vizinha, ao fantasiar sobre a cadeia de gestações, Maria esqueceu o óbvio, que a vida tem seus próprios planos.

✳

A frase "quem só tem um não tem nenhum" ecoou dentro de Antonio durante toda infância e vida adulta. Era como uma espécie de charada, o enigma da esfinge que ele, como um edipiano empedernido, tentava decifrar. Após dez anos de análise, o máximo que conseguiu foi intuir que a mãe vivia sob um manto de solidão, tinha sido uma filha pouco amada, uma noiva rejeitada pelo pretendente advogado, que, com certeza, arrumou moça melhor do que ela na capital, e teve que se conformar com o rapaz ingênuo que lhe apareceu pela frente como o bilhete de segunda classe para o último trem a sair da plataforma. Os filhos que tanto desejava eram uma maneira de dizer para ela mesma "Estou viva e sou capaz de criar algo". Quanto maior a descendência, mais forte seria a sua convicção sobre o próprio valor.

O Antonio adulto também compreendeu que a sua mãe tinha dificuldades em aceitar limites. Era como uma criança que quer as coisas porque quer, sem nenhuma necessidade de justificação perante os outros. O universo tem de se dobrar aos seus desejos porque ela merece e o mundo lhe deve. Alguém tinha de ter advertido Maria de que essas não são as regras do jogo, de que existir é caminhar sobre um tapete de sonhos rotos. A norma vigente é simples: a vida faz o que bem entende conosco e enxovalha os nossos sonhos sem ter de dar explicações. Se soubesse o que veio a saber depois, Antonio teria avisado a mãe:

— *Mamá,* você está pecando por *hybris.* Se o corpo não te dá mais filhos, se ele alcançou o seu limite, se está rejeitando todas as tuas tentativas, aceita o que já te foi dado, que não é pouco. Não tenta driblar a natureza, porque ela tem suas próprias leis e pode ser vingativa.

Quando tinha 17 anos, os pais de Antonio emigraram para o Rio de Janeiro. O pai era mestre de obras e conseguiu trabalho facilmente. A família se mudou para uma vila na rua Alice, no bairro de Laranjeiras, onde ele viveu até casar com Teresa. Pensando na sua futura família numerosa, uma das primeiras peças de mobília que comprou foi uma mesa de jantar retangular de madeira maciça. Antonio olhava o móvel na entrada da sala e imaginava como seria quando todas as cadeiras estivessem ocupadas, com ele na cabeceira, ao comando da família que ele construíra. Uma família sem mortes precoces.

O que ele ainda não sabia é que existem distintos tipos de morte. Diferentes formas de estar morto. E até variadas maneiras de matar. A paleta de possibilidades é ampla, e a análise combinatória entre elas pode demorar uma vida inteira a ser experimentada. No casamento com Teresa, Antonio viveu um punhado de mortes. Primeiro, dos seus sonhos de ter uma família grande e uma mulher que o olhasse com o deslumbramento da mãe. Depois, ele próprio destruiu os sonhos dela de ter um marido submisso e eternamente apaixonado. E um pouco depois, aniquilou sua autoestima — que já era pouca — e a deixou numa cadeira de rodas em consequência de um acidente de carro em que ele era o motorista. Sem se deixar levar por possíveis remorsos, Antonio a abandonou logo depois para compartilhar lençóis com uma aluna sua da faculdade. Lençóis que foram mudando de endereço a um ritmo constante ao longo de quase duas décadas, até ele conhecer Isabel.

A filha Carmen, que na época da separação tinha apenas 6 anos, ficou com a mãe e nunca o perdoou. Seria quase um milagre se o conseguisse, porque Teresa tratou de impedir isso a todo custo. Alimentava o ressentimento da menina como quem não pode deixar de atirar lenha na lareira, sob pena de morrer de frio. Antonio cumpriu com seus deveres paternos, buscava a filha a cada quinze dias, pagava a pensão alimentícia, mas sabia que tinha perdido a batalha pelo amor de Carmen. Não tinha como competir com Teresa, que passava os dias esfregando sua dor na cara da menina, ensinando-lhe quão miserável pode ser uma mulher quando é abandonada por um homem.

Carmen estava destinada a ser a primeira de muitas, como ele seria, nos sonhos da mãe, o primeiro de uma série. Nasceu após dois anos de casamento, inaugurando uma coleção frustrada de filhos. Foram passando os anos, e Teresa não voltou a engravidar. Procuraram vários médicos, sem que nada de anormal fosse encontrado. Faziam verdadeiras maratonas de sexo nos dias férteis da mulher e nas semanas anterior e posterior, ou seja, durante praticamente todo o mês. Antonio se tornou um especialista no assunto, conhecia tanto o tema da reprodução quanto um ginecologista.

Com o escorrer dos anos, começou a perceber que Teresa não se importava tanto com o assunto quanto ele. Quando vinha a menstruação, anunciava o fato como quem tem de dar uma notícia desagradável, mas, em seguida, retomava as suas rotinas domésticas e era capaz até de rir de alguma piada da televisão ou escutar música animada no rádio. Antonio foi perdendo a esperança e, junto com ela, o encantamento por Teresa. Primeiro, desconfiou que a mulher tivesse algum problema de fertilidade. Depois, cogitou que o responsável poderia ser ele. Por último, concluiu que encontrar culpados era o de menos, o que realmente o magoava é que ela não sofria como ele.

Um dia em que permaneceu mais tempo na cama por causa de uma gripe e saiu atrasado para a universidade, o castelo de areia, que já estava se esfarelando, ruiu de vez. Teresa pensou que o marido não iria trabalhar e saiu para levar a filha ao colégio e passar pelo supermercado, sem pressa de voltar. Antonio, no entanto, decidiu ir porque se sentia melhor e detestava ficar em casa durante a semana. Levantou-se, tomou banho e começou a se vestir. Normalmente, a mulher separava a sua roupa de manhã cedo. Como tinha pressa, não quis esperar que ela chegasse e abriu armários e gavetas em busca de roupa apresentável.

Queria umas meias escuras que combinassem com os sapatos pretos. Na primeira gaveta que abriu, calcinhas. Na segunda, lenços e meias de mulher. Meteu a mão até ao fundo na esperança de encontrar um par masculino perdido por ali. O que encontrou foi uma caixa de papelão retangular, como as de remédio. Pegou para ver o que era e deu de cara com o fim do seu casamento.

Teresa vinha tomando pílula anticoncepcional desde o nascimento de Carmen. Não desejava uma família numerosa. O bordão da sogra "quem só tem um não tem nenhum" era uma frase sem sentido para ela. Poderia ter passado sem nenhum mesmo, mas teve medo de perder o marido e concedeu-lhe uma filha. Pensou que ele se conformaria, que em pouco tempo perceberia que aquilo era uma bobagem, que Carmen preencheria completamente seus sonhos de paternidade. Entretanto, a neurose de Antonio tinha um alcance que ela não tinha como saber, tão grande quanto o próprio rechaço à maternidade.

Ele permaneceu de pé, com uma mão apoiada na cômoda do quarto e a outra segurando a caixa. Para dirimir qualquer dúvida, leu a bula de ponta a ponta, colocou tudo no seu lugar, desistiu de encontrar a meia, sentou-se no sofá da sala totalmente vestido, mas descalço, sentindo a aspereza do chão de tacos. Daquele ângulo, via a mesa da futura família numerosa. Uma mesa estéril como seu casamento. Só servia para apoiar livros e uma jarra de flores no centro. As cadeiras vazias tinham se transformado em cabides ao longo dos anos. No lugar de crianças, casacos, jaquetas, bolsas e até guarda-chuvas.

Percorreu a sala com a mirada como se fosse a primeira vez que estivesse vendo tudo em sua dimensão real. Um ambiente asséptico, sem vida, um cemitério de sonhos. Lembrou-se da mãe, que tinha falecido logo após o nascimento de Carmen. Um ano mais tarde, foi a vez do pai. Ao ficar órfão, o desejo da família numerosa se intensificou, era como se devesse isso à memória de Maria. Só depois de muitos anos de análise, Antonio conseguiu se perdoar por não ter realizado o sonho da mãe e entendeu que ter muitos filhos não era um legado aceitável.

Quando Teresa chegou, ele não perdeu tempo com preâmbulos. Apenas lhe mostrou a caixa. Com os olhos esbugalhados, ela fez uma tentativa de explicar o inexplicável.

— Antonio, não é bem o que você está pensando. Comecei a tomar a pílula há pouco tempo porque cheguei à conclusão de que não valia a pena seguir tentando. Estamos nessa espiral de frustração praticamente desde o nascimento da Carmen. Estava esperando o momento adequado para tocar no assunto com você. Não queria te decepcionar.

— Começou há pouco tempo, né? Pouco tempo quanto? Seis anos? Cinco ou quatro, quem sabe. Você nunca desejou ter filhos, Teresa. Eu percebia isso, mas me enganava, dizendo para mim mesmo que esse era o teu jeito, assim meio distante, demasiado prático. Não quis amamentar, não acordava de noite quando Carmen chorava, não perdia uma oportunidade de passar a menina para o colo de outro, como quem se livra de algo que está queimando as mãos. Detalhes que eu fui escamoteando, tentando me convencer de que cada um tem o seu jeito.

(Antonio falava com aparente calma, mas sentia uma punçada percorrendo o abdômen, como se alguém estivesse cravando uma faca e girando-a, retorcendo-a de modo a expandir a dor o máximo possível. Nunca imaginou que o desmantelamento de um sonho pudesse ferir tanto. Finalmente, conseguira entender a mãe. "Quem só tem um não tem nenhum.")

— Você está nervoso pelo que acaba de descobrir, mas não tem o direito de dizer que eu nunca quis ter filhos. Você está extrapolando um detalhe para um contexto muito maior.

(A voz de Teresa era baixa e temerosa porque sabia que Antonio dizia uma verdade rotunda sobre ela. Nunca quis ter filhos, como a própria mãe, que a teve depois de um descuido. Ainda ecoa nos seus ouvidos a revelação materna pouco antes de morrer: "Você foi muito esperta, Teresa. Ficou quietinha, sem se mexer, como se não existisse, como um animal que se faz de morto para não ser capturado pelo predador. Acho que você nem respirava, com medo de eu te descobrir a tempo. E conseguiu o que queria, sua sabida. Quando percebi que tinha me descuidado, já era tarde demais. Não podia fazer o que tinha feito das outras vezes. Fiquei furiosa, amaldiçoei todos os homens do mundo, todos os bebês que não tinham nascido e, principalmente, a mim mesma por ter sido tão burra, tão pouco previdente. Mas tenho que admitir que você soube urdir tudo muito bem, ganhou a pulso o direito de nascer.")

— Você chama isso de um detalhe? Nós temos concepções muito diferentes do que significa um detalhe, Teresa.

— Você quer que eu pare de tomar a pílula? Eu paro hoje mesmo, não seja por isso.

(A proposta era fruto do desespero, mas ela sabia que não poderia cumprir tal promessa, caso Antonio exigisse que ela o fizesse. Se parasse de tomar a pílula, engravidaria em seguida, tinha certeza.)

— Não, Teresa, pode ficar tranquila. Eu posso ver o pânico nos teus olhos, mas não é o medo de me perder, não. É o medo de ter que engravidar para não me perder. Tanto pavor assim isso te causa? Não precisa responder. Não quero ouvir a resposta. E vou ser bacana com você. Vou te livrar desse suposto dever matrimonial.

(Fazendo uma analogia que ele sabia não ter lógica, Antonio pensou em como a sua mãe teria perpetrado qualquer loucura para ter mais filhos, enquanto Teresa, que era jovem e saudável, desprezava a maternidade. Num breve devaneio, imaginou que, na vida, estamos todos sujeitos a uma espécie de Papai Noel bêbado e desorientado, que entrega os presentes nas casas erradas, sem recordar quem desejava exatamente o quê. Como uma criança frustrada, temos de nos conformar com o que cai na nossa mão. Em tese, sempre haverá o próximo Natal para continuar pedindo aquele brinquedo tão sonhado.)

Antonio se levantou, foi até o quarto, calçou os sapatos sem meias e saiu para trabalhar. Sem olhar para a figura petrificada de Teresa no sofá da sala. Sem bater a porta. Sem ter levantado a voz. Em silêncio, ruminando o fracasso. "Para grandes males, grandes remédios", diria a sua mãe. Teresa deixara de existir naquele dia. Em algumas semanas, teria providenciado a sua saída de casa, e depois, um advogado se encarregaria das questões legais. O que ele ainda não sabia era que Teresa não era mulher de perder sem espernear.

Antes de concretizar a sua mudança de casa, Antonio ainda levaria mais uma rasteira. Numa tarde de sábado, Teresa insistiu para que ele levasse a ela e à filha a uma festinha de aniversário. Ele tentou se safar. Dentro de menos de uma semana, teria se mudado, e queria evitar qualquer contato mais íntimo. Já tinha planejada a agenda do fim de semana. Ela, no entanto, não se deu por vencida e insistiu até o último momento. Antonio acabou cedendo, como se a carona fosse uma espécie de último pedágio a pagar. Não desconfiava que, a partir daquele momento, os pedágios seriam impagáveis, que nem todo o dinheiro do mundo poderia limpar a sua ficha.

No caminho de carro, Teresa quis saber o que faria durante a tarde e a noite, se jantariam juntos em casa. Ele secamente disse que não, que não contasse com a sua presença. Sobre onde ia, omitiu-se. Cada vez mais nervosa, ela sentia que Antonio escorregava como um sabonete que tentamos agarrar, mas ele resiste, provocando irritação e certa sensação de ridículo. Teresa olhou para o perfil do ainda marido e foi invadida pela certeza de que não havia jeito, que o tinha perdido definitivamente.

Nunca mais recuperaria a sua confiança, muito menos o seu afeto. Nem mesmo uma gravidez poderia salvá-la. Nem toda a fertilidade do mundo. Nem todas as cadeiras da mesa de jantar ocupadas. Essa certeza subindo pelo sistema digestivo — sim, porque havia nascido ali, no meio do estômago — lhe provocou ânsia de vômito. Em vez de restos de comida, vomitou palavras. Duras, algumas sem sentido, injustas, outras de uma verdade assombrosa. Não se preocupou com a filha, que, no banco de trás, estava paralisada pela crueza do que ouvia.

Antonio permaneceu imutável durante a ejaculação de impropérios, quase condescendente, porque sabia que ela estava jogando as suas últimas cartas, como um animal que pressente a morte, mas continua lutando. No entanto, quando Teresa disse que não merecia ser pai, que se desse por satisfeito por ela ter lhe dado a Carmen, ele perdeu todo o rastro de paciência e comiseração. Crispou as mãos no volante, soltou um urro de dor como se tivessem acabado de lhe amputar um membro, desviou o olhar do trânsito em direção a ela para que visse todo o ódio que levava dentro.

Teresa vislumbrou a ira de Antonio e todas as suas consequências durante dois, três segundos, parco lapso de tempo que jamais esqueceria. Esses olhos a perseguiriam nos sonhos, nos momentos de solidão, de tristeza e até de alegria. Tudo seria permeado por eles dali para a frente.

O primeiro que Teresa se deu conta depois de encarar a fúria de Antonio e recuperar os sentidos foi de que estava numa ambulância, com pessoal médico à sua volta. Nem sinal do marido ou da filha. Tentou perguntar, mas as palavras não lhe saíam. Se a mudez tivesse lhe acontecido antes, no carro, talvez não chegasse nunca a ver uma ambulância por dentro. Um médico percebeu que ela tinha acordado, tentou tranquilizá-la, dizendo que já chegariam ao hospital, que os outros ocupantes do carro estavam bem.

Antonio e Carmen saíram ilesos do choque frontal com o caminhão. Pelo menos no que diz respeito ao corpo. Teresa ficou paraplégica. Quando recebeu a notícia, uns dias depois, por um breve instante, sentiu-se aliviada, porque supôs que o marido não teria coragem de ir embora deixando-a naquele estado com a única filha. Mesmo depois de conviver com Antonio tanto tempo, ela ainda não descobrira que, nas grandes decisões, ele nunca voltava atrás. Ao ter alta e regressar a casa, Teresa se deparou com a evidência de que ele já tinha se mudado. Antonio lhe pagou empregadas durante mais de vinte anos, até a sua morte, além das despesas da filha. A comunicação entre eles, no entanto, se restringia a monossílabos e orações curtas. Quando o assunto era mais complexo e exigia um encadeamento de frases, com a consequente escuta do outro, entravam no cenário os respectivos advogados.

*

Ao contrário da mãe, Antonio aceitou a impossibilidade da família numerosa. Apesar de ter tido muitas namoradas depois da separação, não tentou ter filhos com nenhuma delas. A paternidade não poderia ser a qualquer preço. Queria que a prole fosse fruto de uma relação amorosa sólida, ser um chefe de família, não um pai divorciado correndo de um lado para o outro para atender filhos de distintas mulheres. Quando conheceu Isabel, aos 50 anos, achou que já não era tempo disso. Evitou o pecado de *hybris*, engoliu a frustração, mas sem se engasgar, com relativa conformidade. Muito mais velho, quando o assunto lhe vinha à mente, ponderava que ter cinco filhos não era garantia de nada, de nenhuma pisca de felicidade ou de proteção. Poderia ter tido os cinco filhos sonhados e cada um viver numa parte do mundo, ou não ter uma boa relação com alguns deles, ou ser ignorado na velhice. Ou todas essas coisas juntas. O conselho que gostaria de ter dado à mãe Antonio dava a si mesmo e o seguia com rigor.

"*Mamá*, na vida, é fundamental aprender a perder."

Quando conheceu Isabel, a lição estava aprendida. Conformou-se a ter apenas uma filha, a pular de namorada em namorada sem que nenhuma deixasse rastro, a seguir a sua vida cotidiana focado no trabalho. De certa forma, anestesiado, não em relação a tudo, mas ao principal. Os anos se acumularam sobre ele como camadas de pó que ninguém limpa. Por mais que uma casa pareça impoluta, que as janelas permaneçam fechadas e os móveis estejam cobertos por lençóis, a poeira permeia tudo, como a própria passagem do tempo. Não a vemos, parece que não está lá, temos a certeza de que tudo continua igual ao dia anterior, à semana anterior, ao mês anterior, até que decidimos levantar o lençol, abrir as portas dos armários ou passar o dedo sobre a madeira gasta da estante.

Nesse momento de descuido, enfrentamos o óbvio, que o transcorrer do tempo se imiscui em todas as frestas. Quando Antonio se deu conta, os anos tinham ido embora junto com parte do cabelo e do vigor físico. Já não pertencia à categoria de "adulto jovem". Entrara no que se costuma chamar de meia-idade.

Dos bancos da universidade, ele tirava a sua grande satisfação. Era no contato com os alunos que se sentia único, capaz de transmitir algo que valia a pena, como se tivesse um condão mágico que, ao tocar a cabeça de alguns, provocava mudanças. Sabia que tinha esse dom, o de transformar as pessoas através das palavras. Claro que isso não acontecia com todos, apenas com alguns, mas os alunos que eram agraciados a cada curso escolar lhe tinham autêntica devoção. Reconheciam nele o agente da metamorfose.

Antonio se sentia como um bom livro, como explicou uma vez a Isabel.

— Um livro, por melhor que seja, não pode mudar o mundo, não altera nada na sociedade em geral. O poder de um bom livro é exercido apenas sobre o indivíduo. Há palavras que, quando penetram dentro da gente, nos transformam. Nunca mais seremos os mesmos depois de ter lido aquela frase, aquela história, de perceber que outros passaram por sofrimentos similares aos nossos, que a nossa angústia é atávica, que há pessoas buscando as mesmas respostas que nós. Eu sou um livro ambulante, jogo minhas sementes na sala de aula. Como acontece na natureza, umas não frutificam porque não caem em terra fértil ou porque uma sombra impediu o seu desenvolvimento ou porque um pássaro as comeu antes da hora. Mas existem as que vingam apesar de todas as condições adversas, porque a vida é tinhosa, morena. Por isso, é preciso semear indiscriminadamente, sem se preocupar com o resultado, sem ideias preconcebidas, sem juízo de valor sobre a pessoa que está na tua frente. Você nunca sabe qual semente vai se agarrar à terra, ou que terra será o receptáculo idôneo, como um escritor desconhece o efeito do seu livro sobre cada leitor. E quando digo que não sabe é não sabe mesmo. Às vezes, aquela frase dita ao acaso vai surtir efeito anos depois, como se existisse uma cápsula do tempo verbal. As palavras ficam ali guardadas e, um dia, pelo motivo que for, ganham sentido para o sujeito. As epifanias podem se dar a qualquer momento da vida, são fruto de um conjunto de variáveis aleatórias e desconhecidas. Quando acontece, talvez a pessoa nem lembre mais onde ouviu ou leu aquelas palavras, mas não importa, eu terei cumprido o meu papel.

Isabel sempre o escutou embevecida. Desde o início, sentiu que Antonio era o seu maná, que com as suas palavras ecoando nos ouvidos, seria capaz de atravessar qualquer deserto. Podia passar horas deleitando-se com as suas histórias porque elas matavam a sua sede de ver além dos muros, de sair do quarto emparedado em que estava encerrada, de transcender a banalidade do dia a dia para vislumbrar o que, afinal, tornava a vida algo único. Quando ele lhe falou sobre a sua obsessão por semear, Isabel fez uma brincadeira tosca sobre como gostava de usar as palavras para seduzir, mas ele não se deu por aludido.

— Sou um aprendiz de feiticeiro, morena. Bom mesmo era o meu analista, o Pacheco. Não esqueço de uma história que ele me contou pouco antes de morrer. Eu já tinha tido alta... Pode rir, mas é verdade, um dia, me deram alta. Pois é, tinha terminado a análise, soube que ele estava doente e fiz uma visita. Ele me contou que, na semana anterior, plantara uma muda de jaqueira no sítio que tinha no interior do Rio. Um vizinho, que sabia que ele estava com câncer terminal, estranhou e disse "Seu Pacheco, me desculpe, viu, mas o senhor não acha melhor plantar outra coisa? É que a jaqueira demora cinco anos para dar fruto". O Pacheco não perdeu o rebolado. "Não tem problema, não, vizinho. Provavelmente, eu nunca comerei essas jacas, mas a jaqueira dá frutos durante cem anos. Muita gente vai comer jaca graças a esse pé que estou plantando agora." Saudade do Pacheco, morena.

Isabel o conheceu assim, espalhando sementes do alto de um tablado. Foi num curso de extensão de filosofia, que resolveu fazer depois de formada porque o tema sempre lhe interessara. Num primeiro momento, Antonio lhe pareceu estranho, principalmente por causa do sotaque, que não conseguiu identificar de imediato e confundiu com o lusitano. Até que uma colega esclareceu que ele era espanhol. Rapidamente, Isabel se deixou levar pelas suas palavras e, muito antes do término do curso, estava enamorada.

Antonio tampouco ficou indiferente a ela. Isabel se parecia à sua prima Concha, a mulher que lhe provocou a primeira ereção, pelo menos, a primeira ereção consciente, sabendo do que se tratava. Cabelos e olhos muito escuros, morena, cheiro forte, corpo peludo, Concha passou uma temporada em Madri, quando saiu de Ampuero para buscar trabalho na capital. A mãe de Antonio a hospedou em casa, onde passou longos meses até conhecer Valentim, casar e emigrar para a Venezuela. Antes de isso acontecer, porém, ela tirava a sua sesta diária no quarto e chamava o primo, que, na época, tinha 12 ou 13 anos, para deitar com ela.

Vestindo apenas uma combinação, Concha virava de lado e, em seguida, pegava no sono. Antonio não conseguia porque passava a hora inteira da sesta quase colado ao corpo da prima, aspirando o olor que emanava dela. De pertinho, conseguia ver cada pelo negro das suas costas, que a combinação transparente de tão puída deixava entrever, e dos braços, assim como os que delineavam a parte externa da mandíbula. Dez anos mais velha, ela o tratava como o fedelho que era, sem suspeitar que se tornara protagonista das suas primeiras fantasias sexuais.

Pois Isabel lhe recordava Concha. Pelo tom da pele, dos olhos e dos cabelos densos. O cheiro e a existência ou não de pelos, Antonio não pôde averiguar no primeiro momento, mas os dados que tinha à disposição foram suficientes para intuir que estava diante de algo novo, uma lufada de ar fresco que podia entrever nos seus olhos tímidos, mas transparentes, apesar da cor de azeviche. O encantamento imediato por Isabel é um exemplo de como os nossos amores são sempre uma reedição de outros muito mais antigos, como se estivéssemos sempre em busca do objeto original, perdido e inacessível. A própria Concha não era mais do que um arremedo de cópia da sua tia, mãe de Antonio.

Quando se conheceram, Isabel tinha a metade da idade de Antonio, mais ou menos a mesma que tinha a prima na época das sestas compartilhadas, mas isso não o inibiu nem o preocupou. Pensava em uma das frases lapidares da sua mãe: “Só podemos fechar as contas quando tudo acaba.” Maria costumava dizer isso quando ia à feira do Rastro, em Madri, que acontece até hoje, aos domingos, nos arredores do Parque do Retiro. Ali se reuniam alguns dos que tentavam ganhar a vida com o *estraperlo*, palavra espanhola muito corrente durante os anos do pós-guerra. A prática do *estraperlo* consistia em vender coisas no mercado clandestino, desde comida, pão, azeite, cigarro, bebidas, qualquer produto, porque a escassez era grande, o ditador Franco havia imposto o racionamento, e as pessoas só podiam consumir por meio das chamadas cadernetas, que davam direito a uma quantidade limitada de víveres. Nos momentos mais difíceis da família de Antonio, quando o pai passava temporadas desempregado, Maria sustentava a todos com o *estraperlo*, rezando para não ser pega pela polícia.

Durante horas, ela podia estar parada numa esquina sem que nenhum comprador se aproximasse, mas nunca desistia. Até o último momento, esperava vender toda a mercadoria e voltar para casa com dinheiro, o que acontecia na maioria das vezes. Seu lema era o de que, enquanto não acabasse a feira, os vendedores não podiam fechar as contas do dia. "É preciso esperar até o final. Em um minuto, a sorte pode virar", dizia ao filho impaciente. Essa metáfora da própria vida, Antonio carregou com ele. Por isso, ao conhecer Isabel, não titubeou.

Pressentiu que o destino tinha dado um giro, que a ânsia adormecida nos últimos anos começava a pestanejar, que a esperança de encontrar algo além de sexo e companhia esporádica assomava pela porta entreaberta, que o desejo de ser mais do que um corpo viril ou uma cabeça pensante se espreguiçava lentamente dentro dele. Chegou a ficar pasmo consigo mesmo. Como um ex-fumante que recai no vício depois de uma longa abstinência, perguntou-se como podia ter vivido sem isso tanto tempo, ter esquecido essa sensação inebriante de querer desvelar todas as reentrâncias do outro, sem deixar passar nada por alto porque cada curva, cada greta pode levar a novas miradas sobre esse ser que, por sua vez, também deseja descobrir o nó cego que existe em nós.

Foi fácil conquistar Isabel porque Antonio lhe acenou com o que ela mais desejava, que não era propriamente ser amada. Ou pelo menos isso não estava no topo da lista de suas prioridades afetivas. Ser amada lhe parecia pouco. Isabel preferia, antes de qualquer outra coisa, ser vista, o que justamente nunca tinha conseguido. Nunca ninguém a vira de fato, nem seus pais, nem seus amigos, nem seus professores, nem seus namorados.

Ninguém conseguira — a maioria nem tentara — arranhar a camada de verniz e ver o que estava por baixo. Ninguém se deu a esse trabalho. Todos se contentaram com o que lhes aparecia diante, os comportamentos estereotipados, as respostas costumeiras, as atitudes que não levantam suspeitas, as conclusões superficiais, as mentiras inofensivas, os bons modos de praxe. Mais ou menos como acontece em todas as relações, incluindo as mais íntimas.

Quando Antonio disse, em tom de brincadeira, que ela lhe lembrava a menina do anúncio da margarina Claybom, Isabel ficou desconcertada, não soube como interpretar o comentário. Bastou, no entanto, fazer memória da publicidade famosa nos anos 1980 para intuir que ele começava a entrevê-la. Com metade da cabeça assomada por trás da cortina, Antonio estava esforçando-se para identificar algo que fosse além das aparências, como quando entramos num quarto escuro e apertamos os olhos para discriminar o ambiente e mover-se por ele.

Isabel recordava vagamente a publicidade em que o desenho de uma menina loura com maria-chiquinha brincava com crianças de carne e osso. Parecia uma menina dócil e bem-comportada, mas, no final, sempre abria a boca enorme e fazia a onomatopeia *nhac*, devorando a torrada com margarina.

— Não posso me distrair com você, hein, morena. Você me recorda aquela menininha do anúncio da Doriana ou da Claybom, não lembro direito. Carinha de anjo, ar ingênuo, até que, de repente, abre a boca para engolir a torrada inteira, mostrando toda a sua voracidade.

Como a conversa se deu pelo telefone, Isabel não precisou disfarçar a mistura de constrangimento e prazer que aquelas palavras lhe causaram. Ruborizou-se e esboçou um meio-sorriso de contentamento. Foi a resposta que conseguiu dar, uma resposta que ele não pôde ver, mas talvez tenha intuído.

Terapia de grupo I

O que mais me dá medo é esquecer. Não me refiro a demenciar, ficar esclerosada, como se dizia antigamente. Acho que ainda me faltam alguns anos para entrar no grupo de risco. E também não me refiro propriamente à perda de memória, mas sim à desconexão do que é importante, a deixar de ver as coisas na sua real dimensão, com todas as cores a que têm direito. Tenho pavor de começar a perceber a minha vida como uma imagem desbotada, uma foto amarelecida, com os contornos desfazendo-se pela ação do tempo. Medo de olhar o meu marido e não me lembrar mais de por que o amo tanto. Pior: nem sequer lembrar que o amo. Medo de que as mudanças dele provocadas pela doença sejam tão grandes que me façam ficar presa nisso, nas suas dificuldades, na perda, no declínio, como quem fixa a mirada numa árvore e passa a ver o bosque fora de foco. Se eu deixar isso acontecer, o meu amor será soterrado pelo que ele é agora, que não é ele de verdade, podem acreditar em mim. Tenho medo de que essa perda alcance tal nível que não me permita mais lembrar as coisas nele que me fizeram amá-lo, seu senso de humor, sua inteligência, sua bondade, seu desejo de justiça. Esse medo, às vezes, é tão intenso, que chego a desejar que tudo se acabe logo, que não haja mais nenhum tipo de prorrogação, já que o final do jogo é conhecido e imutável. Mas quando desejo o fim de tudo, mesmo no meio do desespero, sei que o que virá depois será avassalador. O vazio que inundará o meu cotidiano será muito pior do que o que estou sentindo agora. O vazio de não ter mais esse amor que deu sentido a tudo nos últimos vinte anos, deu sentido até à minha vida anterior ao nosso encontro, será muito mais profundo do que o sofrimento que possa estar passando. Minha única salvação é manter esse amor vivo, não esquecer quem ele é. Pensando nisso, decidi fazer uma tatuagem com as suas iniciais no braço. Pode parecer infantil, mas, como as crianças pequenas, preciso ter algo concreto a que me agarrar. Só com a abstração não chego lá. Tornou-se imprescindível possuir um registro carnal do vivido, como os que estiveram nas ex-colônias africanas e têm tatuadas as expressões "Angola 71" ou "Moçambique 68". A primeira vez que vi um homem na rua com uma tatuagem desse tipo, não entendi o porquê. Hoje, sim. É um resquício de pensamento mágico, eu acho. Uma fé ancestral no poder das palavras, uma tentativa de transcender a própria história. No meu caso, também uma forma de me lembrar todos os dias: eu amo esse homem.

Na carne

Isabel entrou no estúdio de tatuagem um pouco tímida. Numa pesquisa rápida que fizera na internet, descobriu que não se encaixava no perfil de clientes, porque a maioria das pessoas faz a sua primeira tatuagem antes dos 25 anos. Bastava olhar para a decoração e a cara dos sujeitos de um e do outro lado do balcão para supor que esse dado não distaria muito da realidade. Pelo telefone, Isabel explicou que queria uma tatuagem simples, três letras gravadas no antebraço. O rapaz disse que faria um desenho das letras e a encaminharia para um dos seus tatuadores. Marcaram dia e hora.

Ali estava ela agora, numa antessala escura, paredes e teto pintados com grafite, música *heavy metal* ao fundo. Teve a tentação de sair correndo. Ainda havia tempo de desistir. De repente, sentiu-se um pouco ridícula. Lembrou dos artigos que encontrou na internet sobre as motivações dos que se tatuam. Aumentar a autoestima, ficar mais sexy, rejuvenescer, chamar a atenção, desejo de pertencer a um grupo determinado, definir melhor a própria identidade. Nada disso tinha relação com o que sentia Isabel ao decidir marcar a própria pele.

Um dos artigos lidos, no entanto, chegou mais perto do que lhe ia por dentro. Um psicólogo norte-americano afirmava que uma boa parte das pessoas decide fazer uma tatuagem num momento de angústia e sofrimento, como se tatuar-se fosse uma forma de deixar uma cicatriz. A experiência vivida tinha de passar necessariamente pelo corpo. Ao permanecer um rastro físico da dor, esta ganhava uma camada mais real, concreta, palpável.

Isabel achou que esse psicólogo sabia das coisas. À espera na antessala, já não tinha tanta certeza, mas não teve tempo de seguir duvidando, porque apareceu o tatuador que lhe haviam destinado. Ele se apresentou e ela percebeu que era brasileiro, com um sotaque que Isabel atribuiu à região Nordeste do Brasil, sem precisar o estado. Ao escutar a voz dela, ele também não teve dúvidas sobre a sua nacionalidade. Os dois riram e entraram numa das salinhas do corredor. Alex — assim se chamava — lhe mostrou as letras desenhadas num estilo meio barroco, com muitas curvas. Isabel tinha pensado em algo mais simples, mas não quis delongar o momento e aceitou a tatuagem proposta.

Enquanto preparava o material, ele foi logo dizendo que era do Recife, perguntou a origem de Isabel, há quantos anos morava em Portugal, o que fazia. Muito jovem, Alex cumpria com o estereótipo do brasileiro simpático e extrovertido. Ela, muito longe disso. Mas ele não pareceu se importar com suas respostas breves e desprovidas de curiosidade. Falou durante a hora inteira que durou o processo da tatuagem. Sem quase olhá-la, com a atenção posta na agulha e na pele do seu braço. Isabel teve a impressão de que talvez repetisse as mesmas histórias — ou muito parecidas — a todos os clientes. Seria uma espécie de ritual terapêutico para ele.

A cabeça de Alex oscilava entre a mesa onde estava apoiado o material, à esquerda, e o braço de Isabel na sua frente. Às vezes, erguia o tronco, afastava ligeiramente o corpo e observava o seu trabalho, como se fosse uma obra de arte. Era o único momento em que se mantinha calado. A sua verborreia ia quase ao ritmo de uma frase por cada agulhada, o que não deixava espaço para que Isabel se queixasse da dor.

— *Véi*, é muito louco isso de morar na Europa pra se foder. Minha irmã e meu cunhado não vão a lugar nenhum e têm dívidas até o próximo milênio. Televisão de última geração, carro zero, hipoteca de trinta anos... tudo dívida. Um dia entrei na casa deles e todos os móveis da sala eram novos. *Tá cá porra*, compraram o Ikea inteiro. Eu digo, *mermão*, tu só veio para cá pra consumir, pra ter um monte de coisas sem risco de ser assaltada, como no Brasil, mas não viu nada, não passeou, não viveu. Eu prefiro ter um carango velho, mas ter dinheiro para a ir a Lisboa, a Madri, a Roma. Quando fui ao Vaticano, que era um dos sonhos da minha vida, e depois mostrei as fotos pra minha irmã, ela fez cara de desdém e disse “Com esse dinheiro, mano, dava pra você ter trocado de carro.” Acredita numa coisa assim?

Aquela era uma pergunta retórica. Alex não queria uma resposta, sequer olhou para a interlocutora. Parecia que ele e a agulha estavam ligados na mesma tomada. Quando tinha de molhá-la na tinta, aproveitava para tomar fôlego. Tragava saliva e seguia.

— Um casal de primos nossos teve que voltar pra Recife no mês passado com uma mão na frente e outra atrás. Perderam o emprego, não tinham economizado, a coisa ficou de lascar. Mas quer saber de uma coisa, *véi*? Eles souberam aproveitar, viajaram pra caramba. Por isso não tinham grana guardada na hora do aperto. Mas valeu a pena. Eles podem dizer: “Vivemos na Europa.” Não como a minha irmã, que não conhece nada e, cada vez que vai ao Recife, dá uma de metida com os vizinhos.

Ela faz uma festinha reunindo a mulherada da rua e as amigas do colégio e, papo vai, papo vem, começa a lista de todos os bens que já conseguiu comprar. Fala com a boca cheia pra fazer inveja mesmo. E funciona, porque sempre tem uma vizinha que, com aquela cara de lambisgoia, diz "Ah, mas fala a verdade, vai, aqui é muito melhor, né?"

Nesse ponto do relato, Alex muda a voz, que se torna mais aguda e fina, ladeia a cabeça e revira os olhos. Aproveita a parada provocada pelo esforço da encenação para apreciar o andamento da tatuagem. E continua:

— A inveja do brasileiro é uma coisa impressionante, viu? Maior do que a inveja, só a ignorância. O pessoal em Recife pensa que moro num fim de mundo porque nunca ouviu falar de Póvoa de Varzim. Eu moro em Póvoa de Varzim, sabe? *Nêgo* não se toca que venho de metrô para o Porto, que estou a duas horas de Paris de avião, por exemplo. Minha irmã é outra ignorante. A única vez que foi a Lisboa com meu cunhado voltou puta da vida, disse que tinha jogado o dinheiro dela no lixo, que só havia coisa velha e triste, que até Olinda era melhor do que aquilo. *Véi*, como pode uma coisa dessas? Eu não aguentei e disse: "É, bença, tu foi feita pra gastar dinheiro com celular e televisão. Tua cabeça não dá pra mais. Tu e teu marido são dois abestalhados." Ela ficou dois dias sem falar comigo por causa disso, mas era verdade, *véi*. Usufruir das coisas bonitas não é para qualquer um, não.

Se não fosse a dor que estava sentindo, Isabel poderia até achar engraçada a conversa do tatuador. Sua oratória tinha estilo, era inegável, mas ela não tirava a vista da pele do braço sendo perfurada e não podia rir porque estava cravando os dentes no lábio inferior. Conforme a narrativa de Alex foi avançando, no entanto, as iniciais de Antonio começaram a se delinear e a dor foi sendo substituída pela satisfação. Perto do fim, ele também se calou, talvez refletindo sobre o que acabara de contar, sobre o preço que paga diariamente para ter uma vida tranquila, sem sobressaltos, abrindo mão da sua Recife natal. A briga com a irmã tinha acontecido na semana passada e ele ainda não digerira a desavença. Ao despejar tudo aquilo em cima de Isabel, entendeu que ter capacidade para apreciar a beleza era mesmo um privilégio.

— Cartão de crédito nenhum compra, *véi*.

Isabel observou a parte interna do antebraço, que nunca mais seria a mesma. O resultado lhe agradou. Três letras que serviriam de bússola dali em diante, guiando seus passos, como Antonio sempre fez. Quando estivesse indecisa, angustiada ou triste, olharia para as iniciais desenhadas na pele e pediria conselhos como a um oráculo. Uma tatuagem que era como um recordatório do que tinha vivido nos últimos anos e também uma espécie de amuleto. Na ausência de Antonio, ela continuaria protegida. Agora, que a mente dele começava a se apagar e, depois, quando o seu corpo seguisse o mesmo caminho.

*

A doença avança por fases. Para Isabel, no entanto, os rótulos médicos de "leve", "moderado", "grave" ou "muito grave" e as escalas de deterioro cognitivo não significam quase nada. A lista de perdas de cada etapa parece a teoria evolucionista de Piaget ao contrário, pensava ela. A criança se desenvolve paulatinamente, adquire novas ferramentas para descobrir o mundo, a sua inteligência vai abarcando cada vez mais áreas até chegar à aquisição do pensamento abstrato na adolescência. Na demência, ocorre o processo inverso. A pessoa perde a abstração, o simbolismo, o raciocínio hipotético-dedutivo, a capacidade de associação e generalização, perde a linguagem, a empatia, deixa de se comunicar, de entender o entorno. No final, só sobram os sentidos, como no recém-nascido. E se a pessoa resistir a tudo isso, até os sentidos perderão protagonismo. O último capítulo será uma vida vegetativa, uma volta ao útero materno. Em posição fetal, alguém se encarregará da sua alimentação e sobrevivência.

Isabel preferia não pensar nessas teorias rígidas e se guiava pelo dia a dia, pelos comportamentos de Antonio que variam de semana a semana, pelas bizarrias que começa a fazer e depois abandona como quem desiste de ir à academia de ginástica ou de deixar de fumar. Tinham passado pela etapa do *déjà-vu*, quando ele cismava que já vira uma pessoa ou uma cena qualquer no dia anterior. Isabel ia pela rua com o marido, cruzavam com uma mulher na calçada, e ele dizia "Curioso. Vi essa mesma mulher ontem aqui nesta mesma rua." Isabel tinha de esclarecer que eles nem sequer passaram por ali no dia anterior, que, com certeza, ele nunca vira aquela mulher. Antonio a mirava dubitativo, mas não argumentava. Iam a um restaurante pela primeira vez e ele dizia: "Estivemos aqui na semana passada, né?" "Não, amor, nunca viemos aqui antes."

Do *déjà-vu*, passou às paranoias, as mais variadas. Logo ele, que nunca teve medo de nada, nem de assaltos, nem de gente estranha, nem de possíveis acidentes, nem de mau agouro. Atualmente, estavam vivendo a fase dos objetos escondidos. Antonio dedicava parte do seu tempo em casa a buscar esconderijos para a carteira, o jornal, algum livro, o celular. Até o laptop ele camuflou entre as camisetas na gaveta da cômoda, levando Isabel a dias de busca, que a deixaram submersa num estado de mau humor e irritação insuportável.

Quando, finalmente, encontrou o computador, sentou com ele no sofá e, em tom retórico, perguntou por que fazia essas coisas, se tudo aquilo era parte de um plano macabro para enlouquecê-la. Para sua surpresa, Antonio respondeu com a coerência que costumava ter em outros tempos.

— É muito ruim perder o controle da própria vida, morena. Saber que já não tenho capacidade para gerenciar o meu dia a dia, que qualquer imprevisto pode me deixar completamente perdido, que, por mais cuidado que tome, os riscos são constantes. Risco de perder algo, de deixar de fazer uma coisa imprescindível para a minha segurança ou bem-estar, de cometer um erro que me custe a vida, de me equivocar uma e outra vez até você perder a paciência. Mais do que já perdeu, claro. O ambiente ao meu redor é um campo minado. Sei que, a qualquer momento, posso dar um passo em falso e me estrepar. Tento me preservar, tomar todos os cuidados, mas, ao fazer isso, acabo complicando as coisas também, deixando você nervosa, impaciente. Faça o que faça, o erro está garantido.

A sinceridade de Antonio a desarmou. Mais uma vez, Isabel sentiu-se culpada. Pensou que ele não merecia seus gestos exasperados, que ela não tinha o direito de perder a paciência, de emitir nenhum muxoxo, de franzir o cenho, de dizer impropérios. Ela não estava autorizada a esquecer que ele era um *lamed vovnik*. Sorriu, melancólica, ao se lembrar do dia em que Antonio lhe contou essa lenda judaica.

Estavam conversando deitados na cama, lugar habitual de suas longas dissertações, antes ou depois do sexo. Nesse dia em particular, a conversa se deu pós-sexo. Antonio falava sobre os amigos judeus que tinha tido na faculdade e sobre como se surpreendeu ao chegar ao Brasil e ver tanta gente diferente. Na Espanha, nunca tinha visto um judeu, um negro, um asiático, um estrangeiro. “Os únicos fora do comum que haviam em Madri, naquela época, eram os ciganos.”

Lembrando-se dos amigos judeus, ele chegou à história dos *lamed vovniks*, que, segundo a tal lenda judaica, são "santos escondidos". A cada geração, nasceriam, entre os judeus, 36 homens justos, com a missão de serem os pilares do mundo. Pessoas comuns, que passam despercebidas, não são personagens públicos nem famosos. Sobre os seus ombros, se apoiaria todo o sofrimento da Terra. Eles não se reconhecem entre si, sequer sabem que pertencem a essa categoria. Simplesmente levam a sua vida exalando bondade e justiça, permitindo que continue existindo esperança.

— Não conta para ninguém, não, mas eu queria ser um desses homens, que, com a minha palavra, eu pudesse transmitir o valor da vida, incentivar o senso de justiça alheio, a importância de se espalhar generosidade sem esperar resultados. Mas, claro, ao desejá-lo, já não posso ser. Um *lamed vovnik* tem que ser humilde — segredou, rindo.

— Mas você nem é judeu, Antonio, apesar de ser circuncidado — brincou Isabel.

— Não seja concreta, morena. Não interessa a minha origem ou a literalidade da história. O que importa é o simbolismo, o que está por trás da lenda. Ser um desses 36 homens pode ser só um desejo, uma intenção, uma meta inalcançável, mas só o fato de querer cumprir os requisitos, de almejar essas qualidades, já nos coloca no caminho. Como diziam os gregos, temos que buscar a *areté*, ou seja, um ideal de excelência e de valores humanos, a virtude no seu mais alto grau.

— Você está sempre me acusando de ser concreta demais. Já reparou nisso? — questionou Isabel, tentando disfarçar a ponta de mágoa.

— Você acha? Se estou, dá um desconto, vai, morena. É que eu dedico a minha vida a combater a concretude de pensamento, a ensinar as pessoas a pensar. Lembrei agora de uma história de um jovem recém-casado que trabalhava na obra com o meu pai. Um dia, na hora do almoço, ele abriu a marmita, e a mulher tinha feito um empadão de carne, mas não um empadão qualquer. Na parte superior, ela usou a massa para formar a frase "eu te amo". O sujeito ficou tão comovido, que não teve coragem de comer. Os colegas riram da cara dele durante o dia todo. Imagino que tivesse fome e não quisesse ser sacaneado pelos outros, mas foi mais forte do que ele. Cortar e comer aquele empadão equivaleria a destruir ou danificar o amor da mulher. A isso eu chamo ser concreto.

*

Silvia estava sentada no ônibus quando uma jovem se sentou à sua frente. No lapso que dura um raio, viu ressurgir o passado diante dela. Um passado em forma de mulher bonita. A moça lhe recordava Janaína, morena clara, cabelo enrolado, quase crespo, preso no alto da cabeça, roupas coloridas, postura espevitada de quem acha que o atrevimento é a única maneira de sobreviver num mundo hostil. Se a moça abrisse a boca e Silvia ouvisse um sotaque carioca, já não teria dúvidas. Estaria diante de uma assombração. Teve a tentação de lhe perguntar qualquer coisa, nem que fosse a hora, só para poder ouvir a sua voz. Silvia, no entanto, não teve coragem, o medo a paralisara.

Olhava a moça de soslaio, de alto a baixo, buscando algum indício que a tranquilizasse. *Não, não é a Janaína. Ela nunca levava joias, menos ainda esses anéis enormes, que precisam de porte de arma para serem usados.* Menos de um minuto depois, Silvia fazia outra varredura ocular e chegava à conclusão oposta. *Claro que pode ser ela. O mesmo cabelo preso, o mesmo tom de pele, nem morena demais, nem branca, o mesmo olhar altivo, atrevido. Até os seios pequenos são iguais. A maneira de cruzar a perna e deixar as duas mãos apoiadas sobre o joelho, enquanto o pé que está no ar balança compulsivamente como se estivesse pedalando uma máquina de costura antiga.*

A moça parece ter percebido que estava sendo observada de maneira intrusiva porque encarou Silvia e depois virou a cara, como quem se sente ofendida por algo. Silvia baixou os olhos, envergonhada por ter sido inconveniente. *Devo estar ficando louca,* pensou. A moça do ônibus não era Janaína, mas essa parecença serviu de gatilho para que não parasse mais de pensar nela. Não que alguma vez realmente tivesse deixado de lembrar da sua existência. Nos últimos anos, porém, Silvia se dedicou com ardor a reprimir as vagas do passado que ameaçavam o dique da sua frágil saúde mental. Às vezes, conseguia. Era como se Janaína não existisse, como se nunca tivesse frequentado a sua casa do Flamengo, nunca tivesse entrado na sua intimidade daquela maneira.

Desde esse encontro no ônibus, entretanto, a lembrança de Janaína passou a visitá-la todos os dias, a qualquer momento, pelos motivos mais banais. Quanto mais tentava rejeitar a imagem da moça na sua cabeça, mais ela se fincava. A tal ponto chegou a obsessão, que era como se Janaína fosse uma espécie de tela de fundo. Não importava o que Silvia estivesse fazendo ou pensando, ela estava sempre presente, permeando o seu cotidiano, como uma figura desfocada em segundo plano, que não podemos ver com todos os detalhes, mas tampouco negar a sua existência.

Às vezes, Silvia se flagrava cogitando o que Janaína diria se visse como está Sara, se descobrisse que a menina era um arremedo de gente. A culpa cedia o passo à raiva, que se transformava em culpa novamente, numa fagocitose sem fim. À noite, sonhava com ela, com um reencontro ou com uma hipotética vingança. Em qualquer caso, Silvia sempre acordava suando e passava o resto da noite em claro, vigiando a escuridão para não ser surpreendida outra vez pelos fantasmas. Chegou a pensar em ir a um centro espírita kardecista, como um em que tinha ido uma vez no Rio de Janeiro, sem os pais saberem. Lera na internet que também os havia em Portugal, mas desistiu. *Não seja ridícula, Silvia. Janaína não está morta, não é espírito. O que você vai alegar? Que está sendo obsidiada por um vivo? Vão te mandar para o psiquiatra.*

Desde o encontro fortuito com a gêmea desconhecida de Janaína, os pensamentos de Silvia eram uma torrente imparável. Ela encadeava uma ideia na outra, voltava à primeira, sacava conclusões que se contradiziam entre si, conjecturava cenários que mais pareciam um enredo de realismo mágico. *E se ela está morta mesmo? Já passou muito tempo. Ela pode ter morrido de bala perdida e eu não fiquei sabendo. No Rio, não seria de estranhar. A probabilidade é alta. Quem iria me contar uma coisa dessas? Ninguém. Eu nem sequer deixei meu endereço. Vim para Portugal como se estivesse fugindo, coisa que não é verdade porque fiz tudo direitinho, respeitando o desejo de todo mundo. Se Janaína morreu, essa minha obsessão repentina estaria explicada. Ela desencarnou e está me assediando, querendo ajustar contas. Talvez nunca tenha se conformado. As pessoas são assim, dizem uma coisa e sentem outra.*

Sitiada pelas mais variadas conjecturas, Silvia não sabia a qual se ater. Depois de passar dias confabulando sobre a hipotética morte violenta de Janaína e seu desejo de vingança, ela experimentava outras linhas narrativas, como quem precisa averiguar qual a mais atraente para o grande público. *Morreu nada.*

Janaína deve estar se dando bem na vida. Terminou a faculdade, conseguiu um bom emprego, ela sempre foi muito inteligente. Além disso, tinha algo ainda mais valioso, a capacidade de agradar todo mundo, de seduzir, de se fazer querida. Bastava a gente olhar para ela, conversar uns minutinhos e pronto, saía imbuído da certeza de que ela era gente boa, que merecia tudo de bom nesta vida. Deve ter arrumado um namorado legal, louco por ela desde o primeiro momento em que a viu, disposto a tudo para ficar ao seu lado, o que eu sempre quis e nunca tive. Então, por que estou aqui com essa ameaça de remorso? Logo eu, que fiz tudo por ela e pela mãe dela. Faça-me o favor, Silvia. Os anos passaram. Ela se deu bem na vida e você está aqui, mais velha, mais feia, mais acurralada. E pior: na companhia da Sara.

Entre esses dois extremos, havia uma gama variada de possibilidades. Entre ter morrido de bala perdida e estar vivendo um idílio, existia um espectro grande a ser considerado. Com Silvia, no entanto, acontece o mesmo que à maioria das pessoas, que se torturam fantasiando que todos são mais afortunados do que elas, que os demais vivem numa espécie de publicidade de carro 0 km, onde os homens são viris; as mulheres, magras e sedutoras; as casas, grandes; as estradas, lisinhas, sem nenhuma imperfeição que possa provocar sobressaltos. Quando não estão sofrendo com esse filme projetado nas suas cabeças, imaginam tragédias que, de um momento a outro, podem lhes tirar o que mais querem.

Silvia não sabia, mas Janaína estava viva, morando no seu Rio de Janeiro de sempre. Conseguiu terminar a faculdade de direito e tinha um namorado, mas um namorado que estava longe de ser um príncipe, apenas um namorado, um jovem que trabalhava com ela na ONG onde tinha conseguido emprego logo depois de se formar. Ganhava pouco, mas estava satisfeita com o tipo de serviço que prestava, ajudando pessoas de baixa renda a resolver seus problemas com a justiça. Sidney — o namorado — era legal e atraente o suficiente para que ela, às vezes, até se desse ao luxo de se sentir meio apaixonada. Apesar disso, ele não era capaz de borrar a tristeza dos seus olhos escuros, nem mesmo nos momentos de maior prazer.

Sidney não sabia, mas Janaína pensava todos os dias em Silvia e no que lhes tinha acontecido oito anos antes. Chegava a fazer listas das coisas que lhe perguntaria quando as duas se encontrassem. Listas concretas, de papel e caneta, como as que costumamos fazer antes de ir às compras ou iniciar uma atividade importante. Se chegassem a se encontrar, Janaína não perderia tempo, investigaria todos os detalhes desse período em que estiveram separadas. A sua sede de preencher lacunas era muito mais extensa do que as páginas de caderno que já tinha preenchido com as tais listas. Quando terminava uma, sentia-se ridícula, dizia para si mesma que rasgaria tudo aquilo, mas algo dentro dela a impedia. E Janaína continuava confeccionando listas de perguntas como a mulher que tece enquanto espera o retorno do amado.

Janaína não sabia, mas Sara tinha um autismo grave. Era uma criança que nunca seria autônoma. Com muito custo, conseguiu controlar os esfíncteres, mas não era capaz de tomar banho sozinha, ou vestir-se, ou pentear-se, ou ler uma frase, ou escrever o seu nome, ou fazer uma escolha consciente sobre o que quer que fosse. Necessitava ajuda e vigilância constantes. Qualquer distração e ela poderia provocar um acidente ou inclusive ferir-se deliberadamente.

*

Isabel chegou ao centro-dia para buscar Antonio um pouco antes da hora habitual. Através da porta e dos janelões de vidro, viu o marido sentado a uma das mesas do refeitório, de costas para ela. Naquela posição, não podia apreciar que expressão teria: tédio, serenidade, tristeza... Nas outras mesas, velhinhos mais debilitados do que ele terminavam de comer com a ajuda das auxiliares. Antes de tocar a campainha, Isabel observou-o mais uns minutos, a sua camisa listrada, a careca reluzente, os cabelos brancos na parte baixa da cabeça, os braços apoiados na mesa.

Desejou que ele se levantasse como nos tempos em que o senhor Alzheimer ainda não existia nas suas vidas, com seu meio-sorriso de carioca sacana. Carioca de adoção, mas isso não importava. Ele sempre se sentiu o mais carioca de todos. Isabel fantasiou que ele se erguia e vinha na sua direção, com o tal meio-sorriso, abria os braços, a chamava de "morena dos olhos tristes", fazia um comentário jocoso sobre qualquer coisa, dava-lhe um beijo estalado e, discretamente, uma palmada na bunda. Em vez disso, Antonio veio até a porta de braço dado com a auxiliar e pronunciou um "oi" chocho.

Quando já estavam na calçada, ela não pôde mais conter a dor que desejava sair pelas lágrimas. Dobrou o corpo, apoiou a mão nas coxas e chorou com o desconsolo de uma criança que sentia haver perdido algo valioso e insubstituível. Ele a segurou pelas axilas para que se erguesse e a abraçou.

— Morena, o que se passa contigo? Tá batendo na baixa?

— Nada, nada — respondeu Isabel, momentaneamente feliz por ele ter usado uma expressão sua de antes, a maneira peculiar que tinha de se referir aos momentos melancólicos. Às vezes, era quase como se ele ressuscitasse, como se retornasse do lugar recôndito onde estava.

No caminho a casa, parados num semáforo, Isabel dividia seu olhar entre a luz vermelha, que ficaria verde a qualquer momento, e as pessoas que passavam sobre a faixa de um lado a outro. Uma delas fez Isabel esquecer o sinal. Um homem que caminhava devagar, com as mãos cruzadas em frente à barriga, aspecto desgrenhado, uma mochila nas costas muito pequena em relação ao corpo que a sustentava, cabelos encaracolados talvez um pouco sujos, barba por fazer. Ele falava sozinho. Cruzou a rua como se estivesse no meio de uma deliberação importante, tentando avaliar todos os ângulos de uma questão. Ora olhava para o chão, ora encarava um suposto interlocutor, a quem estava difícil de convencer, porque, em seguida, seu rosto se contraía como se realizasse um esforço para encontrar argumentos melhores.

O homem fez Isabel se lembrar de um aluno que teve anos atrás. Um menino autista com linguagem e alfabetizado, o que implicava em um prognóstico melhor. Ele se expressava muito bem, no sentido de que as frases tinham sujeito e predicado, seguiam as normas gramaticais, eram bem articuladas, mas raramente diziam algo lógico, funcional, relacionado com a pessoa que lhe dirigia a palavra. Ele reproduzia diálogos dos desenhos a que assistia ou lia, mudando o tom de voz quando necessário, afinando-a, tornando-a mais grave ou histriônica, num exercício de interpretação digno de se ver. Um professor lhe pedia para realizar uma tarefa ou lhe fazia uma pergunta direta, e ele revirava os olhos, respirava fundo e soltava o texto decorado como se estivesse interatuando com outros personagens. Quando alguém conseguia que desse uma resposta com sentido, ganhava o dia. *Que satisfação quando o que ele falava tinha um contexto. Como era mesmo o nome dele? Rodrigo, acho que era Rodrigo. O que será dele agora? Já deve ser um homenzinho.*

A lembrança desse aluno entristeceu ainda mais Isabel, jogou-a no poço escuro da certeza de que ninguém entende ninguém mesmo, de que vivemos isolados na nossa própria bolha. Vemos os demais nas outras bolhas, passeando ao redor, fazemos gestos, tentativas de comunicação, às vezes até cremos que o outro está respondendo porque parece que nos olha de frente, que se esforça por compreender o que nem sempre é fácil de explicar. Nesse momento, temos a ilusão de que as palavras surtiram efeito, de que capturamos o interlocutor, nos fizemos entender de alguma maneira, mas, de repente, percebemos que não. Um olhar que se desvia antes da hora, uma frase fora de contexto, como as de Rodrigo, um tom que contradiz o que está sendo dito, qualquer detalhe basta para detectar que o outro está falando consigo mesmo, que em nenhum momento deixou de fazê-lo.

Quando o sinal ficou verde, Isabel desviou a mirada para Antonio, sentado ao seu lado no banco do carona. Sentiu como se alguém beliscasse suas entranhas, tal a dor que a assolou. *No fundo, vivemos todos numa gaiola de loucos. A diferença entre esse homem e a maioria de nós é que, por algum motivo, ele perdeu a capacidade de sustentar a máscara. Passamos a vida tendo diálogos imaginários na nossa cabeça. Como um ventríloquo, como Rodrigo, fazemos o papel de todos os personagens, pensamos saber o que cada um diria sobre esse ou aquele assunto, conhecemos antecipadamente todas as opiniões e reações.*

Na era pré-Alzheimer, Antonio complementaria as reflexões de Isabel e poderia passar uma noite inteira discutindo as agruras da incomunicabilidade humana. Ela o conhecia tão bem, que sabia de cor todas as suas opiniões e conceitos, os tinha internalizados como se fossem um livro que leu na juventude e gostou tanto que o deixou na cabeceira. Nos momentos de insônia e angústia ou apenas por deleite, recorria a suas páginas em busca de consolo.

Arrancou o carro com brusquidão, enquanto imaginava o que o Antonio de antes diria. "A vida é um jogo em que todos estão meio cegos. Cada um fala a partir do próprio umbigo, a parte mais importante do corpo humano. Não existe outra referência. Os momentos em que realmente conseguimos enxergar as coisas desde o prisma do outro são raros. É como ter um *insight*. De repente, você vê algo que estava na tua frente, estava ali o tempo todo, mas você nunca tinha visto. Isso é melhor do que orgasmo, morena."

"Melhor por ser tão raro, né? No fundo, o outro é insondável. E nós também. Comemos solidão por todos os lados", responderia ela, sempre menos brilhante do que ele.

"Morena, o jogo tem uma regra clara. O outro pensa que te vê, mas não vê. Você pensa que vê o outro, mas só vê uma parte. Cada um de nós é um muro opaco. A única maneira de vislumbrar algo através das brechas é sentar e esperar. Passar muito, muito tempo observando. Pouco a pouco, pelas falhas do muro, através das gretas que os anos vão abrindo, pode ser que comecemos a enxergar pequenos detalhes, sombras, lampejos de informação, alguma vegetação do lado de lá, as variações de luz que conformam o mundo do outro. Demora, cansa, dá vontade de desistir, e, às vezes, desistimos mesmo porque chegamos à conclusão de que aquela pessoa não vale a pena, mas tentar ver o outro é a única maneira de romper a regra do jogo. E quando conseguimos, aí, morena, é quando o jogo ganha sentido."

Isabel escutava cada palavra do que ela supunha que ele diria, como uma música pegadiça, que nos acompanha durante um dia inteiro, fazendo as vezes de trilha sonora da jornada. À noite, ao deitar de lado na cama e abraçar Antonio por trás, ainda ouviria a mesma melodia. O resto da sua vida seria embalada pelas suas palavras.

Antonio está em posição fetal, seminu, levando patadas de uma mulher. Não dá para ver o seu rosto porque ela está de costas para Isabel, que observa a cena de longe, como quem assiste a um filme. As patadas são cada vez mais fortes. A agressora parece não ter nenhuma comiseração. Ao contrário, as ganas com que encesta o pé nas distintas partes do corpo dele demonstram que há muito ódio para ser extravasado. Antonio fecha os olhos, contrai o rosto num esgar de dor. De repente, a mulher para, cansada do esforço contínuo e árduo. Ele se levanta já vestido, como se a surra o tivesse transformado em outro homem. Não outro homem qualquer, mas o homem de antes, o que ele tinha sido até há pouco tempo. Altivo, sorriso perene, mirada límpida e direta sobre o interlocutor.

Antonio caminha em direção a uma Isabel estupefata, mas feliz por reconhecer o seu marido de volta. Ela o olha embobada, ainda sem acreditar que o tinha recuperado, que, seja lá o que fosse que o tivesse acometido, ele tinha conseguido se salvar. A alegria era tanta, que Isabel despertou.

No escuro do quarto, demorou uns segundos em identificar o ambiente e se lembrar do sonho. Ainda com o coração aos saltos, enterrou o nariz na nuca de Antonio, inspirou aquele olor familiar que sempre lhe deu um prazer quase infantil, como quando era criança e abria o guarda-roupa dos pais só para cheirar a roupa deles, buscando uma informação qualquer sobre aquelas pessoas que, aos seus olhos, tinham um poder sobre-humano. Depois, abraçou Antonio pelas costas com tanta força, que ele resmungou algo ininteligível, também ele perdido no mundo onírico.

No dia seguinte, Isabel acordou com a necessidade de conversar com alguém. Mandou mensagem para uma amiga, Valéria, a única que estava acompanhando a sua vida em Portugal e os problemas recentes com Antonio. Combinaram de se falar no final da tarde por Skype.

Havia momentos que o grau de fingimento ultrapassava os limites que era capaz de suportar. Isabel fingia quase o tempo todo. No trabalho, ninguém sabia nada sobre a sua vida. Família, não tinha. Os encontros fortuitos na rua se baseavam em regras de boa educação e amabilidade. Com Antonio, as conversas não eram como antes. As frases ficavam pela metade, as explicações, entrecortadas; as dores, subentendidas.

Por isso, quando Valéria respondeu marcando uma hora para a conversa, Isabel sentiu um alívio imediato. Só saber que o "encontro" aconteceria já tinha sido suficiente para que se sentisse melhor. Passou o dia de bom humor e com saudades da amiga, do Rio de Janeiro, dos programas que fazia antes, detalhes de outra vida que não voltaria mais. Quantas vidas podemos ter ao longo de uma mesma vida?

Na hora combinada, Isabel estava a postos diante do computador. Em seguida, viu que a amiga também já estava conectada e, finalmente, se viram as caras. Primeiro, sorrisos encabulados, depois, as perguntas de praxe, como-vai-tudo, e-o-trabalho, está-fazendo-frio-ou-calor. Os prolegômenos necessários quando o contato com alguém não é diário nem tão frequente, como se precisássemos tatear o terreno, prospectar antes de seguir em frente com questões de maior calado.

Estiveram bordejando a vida uma da outra durante uns quinze minutos até que Valéria perguntou por Antonio. Isabel nem tentou disfarçar que esse era o tema que lhe importava, que estava ansiando por falar dele. Despejou sobre a amiga as suas inquietudes, narrou alguns episódios recentes, quase sem dar espaço para que a outra fizesse comentários.

— Às vezes, um diálogo banal com o Antonio se transforma numa espécie de feitiço do tempo. Você se lembra desse filme, com Bill Murray e Andie MacDowell? Pois é, me sinto como essa personagem, presa na armadilha do tempo, porque não importa quantas vezes eu explique as coisas, responda às mesmas perguntas, Antonio sempre volta ao início, como se a conversa não tivesse acontecido. No filme, o personagem aproveita a repetição dos acontecimentos para aprender com as circunstâncias vividas um dia após outro. Mas, no nosso caso, não aprendemos nada. Só pioramos. Quando estou de mau humor, ligo o rádio no máximo volume para cortar qualquer possibilidade de diálogo, para impedir que ele comece a me perguntar algo, que se repetirá indefinidamente. A estratégia funciona, viu? Quando eu ligo o rádio, ele se inibe. Na verdade, a música alta cumpre duas funções. Silencia o Antonio e abafa os meus pensamentos, a minha ira.

Isabel para de falar, consciente de que não está dando tempo à amiga de emitir nenhum comentário. Olha para a tela do computador e vê a imagem granulada de Valéria, com as cores distorcidas e o semblante compungido de quem está buscando algo que dizer, mas não encontra. Sente um pouco de vergonha por tudo o que acaba de dizer, mas a necessidade de desopilar é mais forte, e continua:

— Amiga, me sinto como se estivesse dentro do mito de Sísifo. Ironicamente, um dos preferidos de Antonio. Todos os meus esforços, tudo o que eu digo para ele diariamente está destinado a descer ladeira abaixo. No dia seguinte, tenho que começar de novo. No dia seguinte? O que estou dizendo? No momento seguinte. Nada frutifica, nada leva a um entendimento das coisas, a uma melhora, a um *upgrade*. Você me entende? — pergunta, quase chorosa.

— Oh, Isa, claro que te entendo. Queria muito estar mais perto para te ajudar, nem que fosse te levando para tomar uma cerveja de vez em quando. Acho que só o que você pode fazer é tentar viver o presente, aproveitar o que ainda dá para aproveitar, os recursos que o Antonio ainda tem.

Isabel interrompeu a amiga com brusquidão:

— Não me vem com esse papo budista, Valéria. Já basta que ele viva num eterno presente, eu não posso me dar a esse luxo. O que aconteceu no dia anterior desaparece do seu registro mental com a mesma velocidade que qualquer plano para o futuro. É inútil tentar que ele retenha uma informação ou o prazer de uma experiência recente. Um passeio ao ar livre, uma comida gostosa, um concerto emocionante, tudo cai no porão escuro da sua mente e se transforma em algo irrecuperável para ele. É como se fosse uma criança de 2 anos, que vive o instante, não lembra qual foi a cadeia de acontecimentos que o levaram a um ponto concreto.

— Não lembro agora quem foi que disse que só é feliz quem vive para o instante.

— Ah, por favor, Valéria. Você não tem a menor ideia do que está falando. Essa conversa de que temos que nos centrar no presente porque é o único que existe não passa de uma balela. O presente não existe — gritou Isabel, recalcando a última frase.

Ela evitava olhar para o quadrado superior esquerdo da tela do computador, onde aparecia a sua imagem minimizada, porque suspeitava que o seu rosto deveria estar transtornado, com indícios de ser alguém ao borde de uma crise de nervos. Valéria fingia não perceber isso e tentava dar alguma coerência à conversa.

— Isa, o que eu quis dizer é que o Antonio ainda tem capacidades preservadas. Há muitas coisas que vocês podem continuar fazendo ou fazer de um outro jeito mais cômodo para ele. Antonio não está entrevado numa cama nem está babando pelos cantos. Ainda é uma pessoa com quem se pode sair, fazer programas e até conversar, não mais como antes, eu sei, mas se pode. Então, quando digo para você aproveitar o presente, estou me referindo a isso, que você pense nos recursos de que ele dispõe neste exato momento, no que vocês ainda podem fazer juntos.

— Amiga, entendo a tua boa intenção e te agradeço, mas juro que você não sabe do que está falando. É impossível viver o presente, menos ainda numa situação como a que estou passando. Repito: o presente não existe. A nossa cabeça está sempre no passado ou no futuro. As atividades diárias que, teoricamente, estão ancoradas no presente são só automatismos, tarefas que temos que cumprir, coisas necessárias para viver em sociedade, manter a integridade física, as aparências. Quando estou cuidando do Antonio e pensando no que tenho que fazer para ele se manter asseado, autônomo, ativo, sou quase uma dublê minha, a minha parte prática, cumpridora dos deveres. Mas a minha alma está lá atrás, lembrando de tudo o que vivemos juntos, de como começou o nosso amor, da enormidade de coisas fantásticas que ele me ensinou, de como me mostrou que eu podia ser muito melhor, que eu era muito melhor, só que não sabia. E quando não estou no passado, estou no futuro, elucubrando sobre a quantidade de coisas horríveis que ainda podem acontecer com o Antonio, imaginando qual será o seu fim, o nosso fim...

Isabel interrompeu a frase, aterrada pelo rumo que a sua fala estava tomando. Piscou os olhos várias vezes, ergueu as costas, suspirou.

— Desculpa, amiga. Sei que estou monotemática e amarga, mas não consigo evitar.

— Não te preocupa, Isa. Ainda que você ache que não, te entendo. Só continuo achando que você tem que se centrar nas coisas positivas. Sempre há o lado bom da história. E não me chama de Poliana, não, hein — disse, dedo em riste, rindo.

Isabel também riu. Pensou na grandeza do privilégio de ter interlocutores na vida. Não os interlocutores banais, com que nos deparamos todos os dias, nas situações cotidianas, no trabalho e, às vezes, até na própria casa. Isabel pensava em outro tipo de interlocutor, o que é capaz de ver todas as nossas fraquezas, entendê-las e continuar amando-nos. *Quantas pessoas nascem e morrem sem nunca chegar a ter um interlocutor de verdade?*, pensou.

— Você sempre foi meio Poliana, sim, mas eu te perdoo. O que seria de mim sem a tua amizade?

Isabel encarou a mirada acolhedora da amiga e se sentiu autorizada para prosseguir.

— Você sabe qual é uma das coisas que eu mais sinto falta do Antonio? De quando, na hora de dormir, no escuro do quarto, ele me fazia um resumo do noticiário do dia. Não via a sua cara, mas, pela empolgação da voz, sabia quais assuntos lhe tocavam mais ou indignavam. Na época da guerra do Iraque, tive que aguentar ele xingando o Bush durante meses. O pior é que, antes, essas conversas noturnas me aborreciam um pouco. Às vezes, tinha sono, outras, achava que ele se comportava como se estivesse dando aula na universidade. Sabe como é aquele jeito do Antonio, né? Não dava nem para cochilar porque ele sempre se certificava se eu estava mesmo prestando atenção. Hoje, o que eu não daria para ouvi-lo falar sobre as notícias, a conjuntura internacional... É o que eu acabo de te falar sobre a inexistência do presente, Valéria. Quando eu vivia essas noites com o Antonio, não tinha a menor ideia do significado daquilo, parecia uma coisa banal, uma idiossincrasia dele ou até uma encheção de saco. Só *a posteriori*, pude entender o valor daqueles discursos. Como dizia o Antonio, a vida é uma constante fuga para a frente. No momento presente, não vivemos realmente nada. Estamos às cegas.

Se uma versão pré-Alzheimer do Antonio pudesse ouvir Isabel nesse momento, sentiria muita pena da mulher e do que ela ainda teria que viver nos próximos anos.

"Morena, você está padecendo do desejo do ausente ou inalcançável, *o póthos* dos gregos. Um desejo que é impossível de ser realizado, o ser amado nunca mais vai voltar, você está condenada a sentir essa dor, essa saudade, como os apaixonados não correspondidos ou as viúvas em pleno luto."

— Já reparou que você está falando igualzinho a ele? — brincou Valéria.

Isabel não conseguiu disfarçar o contentamento encabulado.

— Quem me dera que uma décima parte dele tivesse passado para mim depois de vinte anos de convivência.

— E como ele está, Isa? Continua improvisando poesias e cantando flamengo?

— Sim. Você sabe que sim? Há coisas que ele não perdeu. O amor pela música, a mania de cantar as coplas espanholas ou as canções da época da infância. Outro dia, no restaurante, ele me fez uma poesia que eu anotei num guardanapo de papel. Espera aí.

Isabel começou a remexer nas pilhas de papéis que tinha em torno do computador até que se deparou com o guardanapo. Corrigiu a postura, pigarreou, olhou a amiga de rabo de olho para ter certeza de que ela estava prestando atenção e começou a recitar.

— Rema, rema todo dia/Rema, rema sem parar/O remar é a minha vida/O meu sonhar/Cada remo é um braço teu/Que eu abraço/Ao remar/Sonho contigo, meu amor/Até ao fim deste remar.

No último verso, a voz de Isabel fraquejou, exatamente como tinha acontecido com Antonio quando declamou esses versos havia dois meses. Na ocasião, ela apertou-lhe as mãos com força, ciente de que estavam vivendo o estertor de um amor de vinte anos. Diante da amiga, voltou a sentir o peso dessa certeza.

— Isa, você está muito sozinha aí, aguentando essa barra, sem ninguém para te ajudar. Já pensou em voltar para o Brasil?

— Não volto, não, Valéria, pelo menos enquanto o Antonio estiver vivo. Aqui ele está sendo muito bem atendido, há facilidades que no Brasil não tem, a nossa vida é tranquila, segura. Não vale a pena voltar. Os amigos estão levando a sua vida. Ninguém vai fazer de nós uma prioridade. Nem a filha dele. Aliás, ela nem sabe do estado do Antonio. Antes, ele estava sempre escrevendo, convidando para vir aqui. Já tem um ano que não toca no assunto. E ela não procura. Eu também não vou entrar em contato, não.

— Então me promete que a gente vai conversar todas as semanas pelo Skype. Não podemos ficar tanto tempo sem se falar. Faz bem desabafar.

Isabel sorriu da boa intenção de Valéria, que ela sabia ser sincera, mas duvidava que pudesse se materializar ao longo do tempo. As pessoas são sugadas pelo dia a dia, pelas suas preocupações comezinhas que acabam dominando a existência como se fossem vitais, enquanto algumas das pessoas que amamos e os nossos sonhos são relegados a um plano secundário.

As duas se despediram, fazendo votos de conversas e atualizações periódicas. Ainda que não se concretizassem, o simples fato de fazê-los deixava Isabel com a alma acolhida. Sempre a emocionavam os gestos de ternura dos demais para com ela, desde o sorriso de um desconhecido na rua até a solidariedade de uma amiga num momento de crise. Durante segundos, tinha a ilusão de que não estava só, de que existia uma rede invisível que conectava os seres humanos e, de uma maneira mágica, alguns deles chegavam a te entender, mesmo que não soubessem nada da tua vida.

✳

Silvia acordou com a mesma ideia que vinha agasalhando havia semanas. Primeiro, tratou de expulsá-la por ridícula. Depois, por pouco prática. E mais na frente, por cruel. Fingiu abandoná-la durante uns dias, mas ela ressurgiu ainda com mais afinco, como se dissesse: "Ridícula, sim, pouco prática talvez, cruel, depende do ponto de vista, mas seria uma maravilha se você pudesse me levar a cabo." Ela, a ideia, não desistiu de Silvia em nenhum momento. Foi tomando posse do seu corpo palmo a palmo até dominá-lo como só as obsessões e os desejos extemporâneos são capazes de fazer.

Naquela quarta-feira, Silvia tinha a última reunião do curso escolar com a professora de Sara, o que a deixava com mais preguiça do que o costume. Ainda deitada na cama, surpreendeu-se a si mesma pensando que tinha de aguentar firme porque talvez fosse a última reunião desse gênero da sua vida. Quando rebobinou os próprios pensamentos, descobriu que já tinha tomado uma decisão: abandonaria Sara.

Não sabia como, que passos dar, que medidas seriam necessárias. Aquela era uma situação nova para Silvia. A certeza de que a decisão estava tomada lhe deu a energia de que precisava para levantar da cama, tomar banho, comer, preparar-se. Era como se uma nova vida estivesse prestes a começar. O simples fato de ter decidido quase tinha transformado Silvia em outra pessoa. Pelo menos, momentaneamente.

Começou a fantasiar sobre como seria a sua vida dali para frente. Voltar a morar no Brasil era uma possibilidade. Não no Rio, claro. Não poderia correr o risco de encontrar Janaína. Mas no Sul do país, por exemplo. Sempre gostou mais das suas temperaturas amenas do que do caldeirão que enfrentavam os cariocas todos os anos. A euforia foi tomando conta de Silvia como se ela tivesse consumido alguma droga, dessas que os jovens usam para aguentar uma noite inteira de diversão e prazer.

A ideia de se ver livre de Sara tinha passado por todas as etapas de incubação e desenvolvimento. Evoluiu de um pensamento fugidio, cheio de culpa, a uma especulação errante, que ia e vinha da sua cabeça sem criar raízes, apenas flutuando entre uma atividade e outra. Lavava a louça e imaginava como seria se concretizasse o abandono. Ao guardar os pratos, já tinha descartado o pensamento por ser descabido demais. Dava banho na filha e cogitava como seria entregar essa carga a outra pessoa ou a uma instituição. Ao deitá-la na cama, porém, se enternecia com o seu rostinho infantil, as bochechas coradas, e pensava que lhe seria impossível cometer tal atrocidade.

De especulação errante, a ideia passou a visita que está se sentindo em casa. Demorava em ir embora, permanecia cada vez mais tempo na cabeça de Silvia e, quando parecia que já tinha saído pela porta afora, voltava como quem esquece alguma coisa e tem de retornar. De visita inconveniente, passou diretamente à categoria de sapato apertado. Por mais que Silvia tentasse não pensar na possibilidade do abandono, era impossível esquecer a sua existência. Ela, a ideia, estava presente todo o tempo, espremendo os miolos, como se fosse o dedo mindinho do pé massacrado por um sapato de má qualidade.

E assim estavam até aquele dia de manhã, Silvia e a ideia do abandono. Num lapso de tempo tão rápido quanto impossível de ser medido, a ideia, antes volátil, se cristalizou em forma de epifania. *Por que não? Onde está escrito que eu tenho uma obrigação vitalícia com Sara? Quando decidi ser mãe, ninguém me avisou que a criança poderia vir assim. O trato não foi esse. A minha filha seria normal como todas as outras. Mais bonita ou menos bonita, mas normal. Se essa regra básica foi incumprida, eu também não tenho nenhum dever para com ela.*

Esse raciocínio lhe soava tão lógico, que Silvia não entendia como não havia chegado a ele antes. Parecia que os deuses tinham tirado uma venda dos seus olhos, uma venda de culpa e bom-mocismo que a impedira de ver o óbvio. *Não tenho nenhuma responsabilidade sobre Sara. Ninguém pode me obrigar a arcar com esse peso. Posso ser livre a hora que eu queira, basta tomar as medidas necessárias.*

Inebriada pela decisão, a seus olhos, tão sensata, Silvia se arrumou para sair. A perspectiva da reunião com a professora já não significava nada. Pensava nela com desprezo. Quando o curso escolar terminasse, dentro de um mês, ela teria o problema resolvido. Estava empolgada como uma adolescente prestes a ir à sua primeira festa sem a companhia de adultos. Desceu pelo elevador sentindo um formigamento na barriga.

Ao chegar ao térreo do prédio, abriu a caixa do correio. Tinha vários envelopes e uma revista. Antes de sair à rua, deu uma olhada por cima. Faturas, propaganda e uma correspondência do Brasil. Os olhos de Silvia se detiveram no remetente e o formigamento prazeroso que experimentara segundos antes se transformou numa taquicardia de pânico.

Janaína Silva dos Santos

A caligrafia era dela, não cabia dúvida. O endereço na Tijuca também. Com as pernas bambas, agarrando a maçaneta da porta para não cair, Silvia tentou imaginar como Janaína tinha chegado até ela. Ninguém no Brasil conhecia seu endereço português. Só a síndica do prédio do Flamengo, que lhe enviava periodicamente faturas de manutenção, balancetes semestrais do condomínio e outros papéis que ela sempre lia sem prestar muita atenção. *Dona Leocádia não faria isso. Eu avisei várias vezes que o meu endereço era um segredo de Estado, que passasse o que passasse, ninguém poderia saber onde estava morando.*

O misto de surpresa e pavor impedia Silvia de abrir o envelope. Sabia e não sabia qual era o seu conteúdo. Encostou o corpo na parede e escorregou até o chão. Abriu a correspondência com a ponta dos dedos como quem está entrando em terreno perigoso. Leu as duas folhas escritas à mão com avidez e não se surpreendeu. Desde o dia que vira aquela moça no ônibus, a sósia de Janaína, intuía que aconteceria o que estava acontecendo naquele momento. Manter promessas era algo difícil. Ingenuidade de Silvia crer que a outra seria capaz de uma façanha assim.

Janaína queria notícias, nada mais, mas isso era justamente o que estava proibido entre elas. "Nunca mais notícias", juraram as duas na despedida. "Sob hipótese alguma", repetiu Janaína, depois de ouvir todas as restrições impostas por Silvia. E agora ela rompia todos os juramentos. *Nunca acredite nas juras de um desesperado*, pensou Silvia.

Ela meteu a carta no envelope outra vez, e este, dentro da revista. Levantou-se com a certeza de que os espíritos estavam do seu lado, que queriam orientá-la, protegê-la, não fora à toa que tivera a ideia do abandono. Talvez tivesse de acelerar os seus planos, tirar Sara agora mesmo do colégio. *Calma, Silvia, também não é assim. Janaína não virá até aqui correndo, Portugal não está propriamente na esquina. Ela não disse que faria isso. Só pediu notícias. Falta um mês para terminar as aulas. Daqui até lá, resolvo tudo.*

Saiu do prédio com a firmeza e o pavor de quem vai para a guerra.

*

A reunião entre Silvia e Isabel foi a pior dentre todas as que já tinham tido. A professora com pouca paciência para respostas evasivas e miradas perdidas (*Essa mulher está mais estranha do que nunca*). A mãe de Sara fazendo listas mentais de tudo o que tinha de providenciar nas próximas semanas. Mudança imediata de casa e, provavelmente, de cidade, entrar em contato com a síndica e exigir explicações *(Não vou nem me dar ao trabalho de escrever. Melhor gastar dinheiro numa chamada internacional. Preciso ouvir a voz dela para saber se está mentindo ou não*), buscar uma instituição confiável para Sara, iniciar uma nova vida. Enumerava essas tarefas como se planejasse uma viagem, empolgada com as experiências que se avizinhavam e temerosa de que qualquer erro pudesse estragar tudo.

Silvia, de repente, foi tomada por um sentimento de urgência, como se o seu bem-estar, a sua própria vida dependesse dos próximos passos. Queria acabar logo com a reunião. Não havia tempo a perder.

— Não vale a pena que continuemos falando, Isabel, porque Sara não continuará nesta escola ano que vem. Vou agora mesmo comunicar à direção a saída da minha filha. Então, para que ficar aqui discutindo sobre a melhor maneira de inibir os seus comportamentos inadequados? Besteira. Já terei essas conversas no outro colégio.

— E para onde ela vai? Se é que se pode saber, claro.

Silvia não contava com essa pergunta. *Professora enxerida de merda.*

— Acho que isso não tem a menor importância agora. Desculpa, mas estou com muita pressa. Tenho que resolver umas coisas na cidade — disse, escapando de uma possível réplica, deslizando pela porta afora.

Como acontecera em todos os outros encontros, Isabel não entendia o porquê da hostilidade latente nos gestos de Silvia, como se os profissionais que atendem a filha tivessem culpa do seu autismo. Pior: culpa da infelicidade da mãe, das suas frustrações. Ainda elucubrava sobre a cara de amargura de Silvia, quando viu que ela esquecera uma revista sobre a mesa. Isabel pegou-a com a intenção de guardá-la na gaveta, mas um envelope caiu no chão.

Isabel agachou-se para pegá-lo e, antes mesmo de tocá-lo, reconheceu as listras verdes e amarelas dos bordos. O destinatário era Silvia. A professora não resistiu e deu a volta no envelope para ver o remetente. Sentiu o coração sair a galope. Conhecia aquele nome.

Janaína Silva dos Santos

Passada a surpresa inicial, Isabel ponderou que poderia ser uma coincidência. No Brasil, os Silva e os Santos eram mato, para usar uma expressão típica de Antonio. Aproximou o envelope dos olhos para ver melhor (a vista cansada ganhava cada vez mais terreno) e teve outro sobressalto. Conhecia aquela letra. Tinha quase certeza disso. Passou três anos da sua vida trocando bilhetinhos com Janaína. Bilhetes curtos, é verdade, mas diários. Recomendações sobre a limpeza da casa, lista de compras, recados a fazer no bairro. E ela respondia com o mesmo pragmatismo. "O senhor da tinturaria disse que a calça só fica pronta na sexta." "Na feira, não tinha o peixe que a senhora gosta. Mas comprei manga e biju." "Chegou uma encomenda para o seu Antonio. Está na mesinha de cabeceira."

Para sair da dúvida, só havia um caminho. Ler o que estava dentro.

Com a ponta dos dedos, puxou as folhas dobradas lentamente, com medo do que estava a ponto de fazer. Isabel se deteve. Pensou que Silvia poderia se dar conta do lapso e voltar a qualquer momento. Sem saber por que o fazia, Isabel saiu da sala de aula correndo, foi até ao cubículo onde ficava a fotocopiadora. Fez o trabalho sujo, dobrou as folhas novamente, meteu-as no envelope dentro da revista. Deixou-a em cima da mesa, onde Silvia a tinha esquecido. Guardou a cópia na sua bolsa. Esperaria chegar a casa para terminar o que tinha começado.

Terapia de grupo II

Quando conheci o meu marido, o sorriso dos seus olhos foi uma espécie de imã que me prendeu a ele. Eu lhe dizia de brincadeira que, se, um dia, esse brilho se apagasse, iria embora. Isso nunca aconteceu. Mesmo agora, com a doença, sou uma das poucas coisas capazes de despertar o seu interesse. Eu e a música. Quase nada do resto do mundo o motiva. Ele passa horas sentado com a mirada perdida. As pupilas percorrem os quadros da parede em frente, mas sei que, por dentro, está à deriva, que não sabe o que eu espero dele, o que se supõe que deveria fazer nos próximos minutos, nas próximas horas, no que lhe resta de vida.

Se lhe chamo a atenção para algo, tenta emitir uma opinião, mas, de tão pobre, fica no meio do caminho. As notícias, que sempre lhe causaram tanta comoção, agora são apenas um preâmbulo para a hora do jantar. Às vezes, manifesta um lampejo do interesse de antes. Lê uma legenda qualquer, sobre uma guerra ou o número de mortos num acidente, e emite uma exclamação indignada como as de antes. Só que com muito menos vitalidade.

Quem não o conheça pode etiquetá-lo de tímido, mas nada mais descabido. Ele sempre foi o mestre de cerimônias de qualquer encontro social. Com um canudinho imaginário, sugava o cérebro dos companheiros de mesa ou de tertúlia. Acho que esse foi o seu maior prazer na vida, sacar material do outro, fazer vir à tona o que está escondido, o que nem a própria pessoa sabe que tem. Despido de qualquer juízo de valor, tudo era alvo da sua curiosidade. Nos bares e nas lojas, tratava com muito carinho as pessoas que o atendiam. Dizia que devia ser triste passar todo o dia trabalhando, sem que ninguém o olhasse com afeto. Para implicar com ele e, confesso, com uma ponta de ciúme, eu o chamava de rei das subordinadas.

As pessoas eram encaradas com um interesse que, muitas vezes, eu não entendia, como se ele fosse um arqueólogo prestes a encontrar um tesouro. Raramente alguém se incomodava. Pelo contrário. A maioria nunca deve ter tido olhos tão luminosos pousados sobre ela. Por enquanto, ainda sou beneficiária desse olhar ávido. Apesar de o mundo à sua volta estar cada vez mais moribundo, continuo sendo a dona do interruptor dos seus olhos, conectando-o com a vida. Logo eu, que, quando o conheci, estava meio morta sem saber.

A música também continua tendo esse poder. Quando ponho alguma das suas favoritas, o olhar dele se ilumina. "Ah, essa é bonita demais." Nem sempre lembra quem é o autor, mas a melodia ou a letra fazem vibrar o que tem de mais seu, a sensibilidade para a beleza, o amor pelo humano. Às vezes, até chora, ele que, antes, nunca me deixava ver as suas lágrimas. Como diz uma amiga minha, até as piores coisas da vida têm o seu lado positivo. Depois da doença, pude ver o seu pranto e consolá-lo pela primeira vez em vinte anos de casamento.

Encantado

Janaína tinha percorrido a rua de uma ponta a outra três vezes. Do Catete à praia do Flamengo, a passo lento, ida e volta, como quem está distraído, fazendo hora ou não sabe bem que rumo tomar. Nenhuma dessas hipóteses, porém, se encaixava na sua situação. Estava mais atenta do que um galgo à espreita de uma lebre. Não podia perder tempo e conhecia com minúcia de detalhes o caminho a seguir. Já o tinha planejado muitas vezes, deitada na cama à noite, inclusive com Sidney arfando em cima dela. Não havia momento inadequado para Janaína, nenhum minuto a ser desperdiçado na hora de esquadrinhar as ações futuras.

Na quarta ronda, identificou a sua presa dentro do edifício recuado, revestido de pastilhas azuis e brancas. Vicente, o porteiro, estava no seu posto, com aquele chapéu de cowboy ridículo que usava desde que Janaína era criança, o bigodinho mal aparado, a cara chupada. A moça inspirou e expirou como lhe ensinaram na aula de ioga, coçou a nuca desnuda, um trejeito típico dela, mexeu no coque do cabelo mais uma vez e tocou o interfone.

— Tá procurando alguém, moça?

— Oi, Vicente. Sou eu, Janaína. Não está me reconhecendo, não?

— Janaína? De longe não te reconheci. Espera aí.

O porteiro saiu de trás da mesa e caminhou entre fileiras de rosas e azaleias até chegar à grade que separa o prédio dos perigos da calçada. Meteu a cara entre os barrotes pintados de verde, olhou Janaína de alto a baixo, como sempre fizera, sorriu malicioso.

— A mocinha tá cada vez mais bonita, hein. Há quanto tempo! O que te faz vir por essas bandas?

Janaína tentava dominar o asco que lhe percorria o corpo. Ensaiou essa cena muitas vezes nos últimos meses. Conhecia cada gesto que viria de Vicente, o olhar esfomeado, as frases de duplo sentido, os lábios que não param de se mexer, como se mascasse chiclete de forma ininterrupta, as mãos que vão da aba do chapéu aos colhões, duas coisas que ele ajeita compulsiva e alternadamente. Deitada no escuro do seu quarto, Janaína previra tudo isso e se preparara para atuar sem fazer caso ao nojo que a invadia, mas agora duvidava se seria capaz.

Mesmo assim, sorriu, pôs uma das mãos na cintura num gesto que sabia ser sedutor, respondeu que trabalhava ali perto e o tinha visto de longe.

— Bateu saudade, foi?

— Um pouco, né? Foram tantos anos frequentando esse prédio. A vida tomou outro rumo. Nunca mais vi ninguém. E a Silvia, você sabe alguma coisa dela?

— Só sei que foi para Portugal. Um ano depois da morte da mãe dela.

— Ela vendeu o apartamento?

— Não. Tá alugado. Mora um casal com a filha.

— E como ela faz para gerenciar os imóveis? Porque ela tem outros apartamentos sem ser o que ela morava.

— Janaína tá querendo fuxicar demais. Eu não sei nada disso, não — riu Vicente.

Aquele riso de hiena fez Janaína perceber que tinha dado um passo em falso. Deixou o porteiro entrever o seu interesse no assunto, suspeitar que a sua passagem pela rua pudesse não ser casualidade. E quem tem um desejo ocupa sempre uma posição frágil. Quem deseja está suscetível ao poder do outro, àquele que pode satisfazê-lo.

— Perguntei só por curiosidade, Vicente. Minha mãe trabalhou para essa família mais de vinte anos. Você sabe disso. Praticamente cresci frequentando essa casa. E, de repente, tudo desapareceu, a vida deu um giro.

— E a tua mãe, Janaína?

(Aquela velha gorda enxerida te protegia o tempo todo, nunca deixou eu me aproximar demais. Ela sabia o perigo que a filha corria.)

— Morreu há cinco anos. Uma isquemia cerebral.

— Meus sentimentos. Quer dizer que agora você tá sozinha no mundo, é isso? — perguntou sem disfarçar os olhos pousados no decote de Janaína. Era louco por aqueles peitinhos de moça desde que eles começaram a despontar sob as camisetas de alças. Primeiro, incipientes, mas prometedores como um casulo. Depois, mais redondos, esticando o algodão da roupa. E mais tarde, presos pelo sutiã, mas ainda visíveis.

Janaína tinha previsto cada um desses olhares que percorriam o seu corpo como se fossem uma língua de gato. Usou a meditação, as orações que Sidney lhe ensinara e toda a sua força de vontade para tentar se imunizar, mas não era fácil. E mais difícil ainda seria o que estava por vir. *Força, Janaína. É por uma boa causa. Se você fizer as coisas direitinho, ele vai conseguir o endereço da Silvia para você. O corpo a gente lava depois debaixo do chuveiro. A água limpa tudo.*

— Moro com umas amigas — mentiu Janaína. Quanto menos ele soubesse da sua vida, melhor.

— Amigas, é? Não tem namorado, não? — perguntou, sem disfarçar a cobiça que lhe crescia por dentro.

— Namorado o que se diz namorado, não tenho, não, Vicente. Quase não tenho tempo para nada.

Um breve silêncio se instalou entre os dois, e Janaína não podia perder a oportunidade. A qualquer momento, um morador o chamaria e ela não ia ter como repetir a mesma encenação. Passou a mão pela nuca mais uma vez, fingiu o seu sorriso mais doce, tentando ignorar os olhos ávidos de Vicente, os seus lábios cheios de pregas à volta, o chapéu sebento. *Acho que é o mesmo desde que o conheci. Está encardido.*

— Mês passado tive que me mudar de apartamento, ir para um mais barato. Sabe como é, né? E quando fui arrumar as coisas, encontrei um envelope com fotos da Silvia e dos pais dela. Acho que deve ter dado para a minha mãe em algum momento, não sei. Ou minha mãe ficou com elas por engano. Queria mandar isso para ela porque não tem sentido eu guardar essas fotos. E tem umas bem bacanas, viu? Da Silvia mocinha ainda, com roupa de colégio, na primeira comunhão, os pais ainda jovens também.

Vicente continuava fazendo a sua varredura ocular, quase não ouvia Janaína. Era como se tivesse voltado no tempo, à época em que a filha de Dona Iacy tinha quinze anos menos e ele se masturbava todas as noites pensando nela.

— Melhor você jogar essas fotos fora porque acho que a Silvia não bota mais os pés no Brasil, não. Pelo menos foi o que ouvi a síndica dizer uma vez.

— Dona Leocádia tem contato com ela, então? É Dona Leocádia a síndica até hoje? — perguntou, tentando controlar o tom agudo da voz.

— É ela, sim. Ninguém quer assumir o posto, e ela adora ser a xerife do prédio. Ela tem contato, sim. Elas trocam cartas de vez em quando. Acho que a síndica manda os balancetes e coisa assim.

— E você não tem como pedir o endereço para mim, Vicente?

A suavidade da voz de Janaína despertou a suspeita e o desejo do porteiro. Ela sempre fora arredia, resvaladiça, evitava ficar sozinha com ele, quando tinha que dizer algo, o fazia com rapidez, sem nunca encará-lo nos olhos, como lebre assustada. E agora estava ali na calçada há mais de dez minutos conversando com ele como se fossem antigos vizinhos que se reencontram por acaso. As antenas parabólicas de Vicente apitavam alto dentro de sua cabeça. Tinha detectado algo raro, que ainda não sabia o que era, mas intuía que podia levá-lo a realizar um desejo antigo.

— Posso tentar. Mas se eu conseguir, como faço para falar contigo?

— Ah, te dou o meu telefone — disse, abrindo a bolsa e pegando papel e caneta para anotar. Janaína queria controlar a sofreguidão dos gestos, não deixar transparecer a ansiedade, o tamanho da sua necessidade de descobrir o endereço de Silvia, o desejo desesperado de obter essa informação. Tentava imprimir naturalidade aos movimentos (*Não pega a caneta com tanta pressa, Janaína. Ele vai perceber o teu interesse.*), à expressão facial (*Relaxa a cara, não aperta tantos os lábios.*), mas tinha consciência de que não estava tendo muito êxito.

O período de treinamento em casa não lhe serviu de muito. Previu todos os possíveis comentários de Vicente, como tocaria no assunto das fotos e do endereço de Silvia, em que momento daria seu telefone, mas nenhum ensaio a preparou para a emoção de perceber que, em pouco tempo, talvez tivesse o que tanto queria. Um simples endereço, um lugar para o qual escrever e fazer todas as perguntas acumuladas havia oito anos. Janaína se sentia como uma criança prestes a abocanhar a sua guloseima favorita e não conseguia aguentar o tempo de espera pela recompensa. Tinha ganas de saltar sobre o porteiro e lhe implorar que subisse imediatamente ao sexto andar, tocasse a campainha de dona Leocádia e exigisse o endereço de Silvia.

Vicente quase podia cheirar a ansiedade de Janaína, como quando está dentro do ônibus lotado e identifica quem leva dias reciclando a mesma camisa. Não tinha a menor ideia de por que ela queria o contato da patroa da sua mãe. Talvez quisesse pedir dinheiro, ajustar contas pendentes. *Não, claro que não. Essa daí sempre foi muito orgulhosa, e a família de Silvia, muito certinha, não ficava devendo nada para ninguém.* Passou a mão rugosa pelo queixo e sentiu que salivava ao pensar na troca de favores que estava prestes a se produzir.

Sem que Janaína esperasse, Vicente caminhou em direção ao portão, saiu de trás das grades, aproximou-se dela, segurando-a pelos ombros.

— Parece até que estamos numa prisão. Vamos falar como gente normal.

Envolveu-a com os braços, e Janaína sentiu os lábios moles e úmidos de Vicente pousando nas suas bochechas. Girou o rosto à direita e à esquerda, mas não devolveu o beijo protocolar. Deu um passo atrás, estendeu-lhe o papel com o telefone anotado e disse que aguardaria um contato.

— Pode deixar, viu? Você vai saber de mim mais rápido do que tá imaginando — disse num tom que misturava promessa e ameaça.

*

No ônibus para a Tijuca, Janaína ainda sentia as pernas tremerem, apesar de estar sentada havia mais de dez minutos. Com o lado direito da cabeça apoiado na janela, fechou os olhos e tentou se acalmar. *Você não pode ficar assim, menina. O jogo está só começando. Se ficar nervosa só por causa de uma conversinha besta, como vai ser depois quando tiver que fazer o sacrifício maior?*

Janaína estava havia meses planejando o encontro fortuito com o porteiro do prédio onde moraram Silvia e os pais, família para quem a sua mãe, Dona Iacy, trabalhou como empregada doméstica durante mais de vinte anos. Eram pessoas boas, sempre pagaram pontualmente, permitiam o desfrute dos fins de semana e dos feriados, no Natal e no aniversário davam presentes à mãe e a ela, Janaína. Uma roupa nova, uma boneca quando ela ainda tinha idade para brincar dessas coisas, um pijama, um conjunto de cadernos e lápis de cor, objetos corriqueiros. Como dizia Dona Conceição, a mãe de Sílvia: “Isso não é nada, só um mimo”.

Essa família acompanhou toda a vida adulta de Dona Iacy. O seu casamento, os abortos espontâneos que teve, a gravidez que vingou e deu origem a Janaína, a infância e a adolescência da menina, a morte precoce do marido. A mãe de Janaína lhes tinha quase devoção. A filha, às vezes, pensava que ela morrera de desgosto ou nostalgia. Com a morte da mãe de Silvia e a partida desta para Portugal, Dona Iacy se aposentou, foi morar com a filha no apartamento da Tijuca, e os dias se tornaram longos e vazios. Janaína passava o dia todo na rua, conciliando a faculdade de direito com os bicos que tinha de fazer para conseguir algum dinheiro. A mãe nunca desconfiou que o apartamento era propriedade da filha, pensava que trabalhava tanto porque tinha de pagar o aluguel.

Dona Iacy conheceu Silvia ainda criança, a viu crescer, depois a ajudou a cuidar do pai doente, fez companhia à viúva durante tardes sem conta, foi testemunha do ensimesmamento progressivo da filha única do casal. Sentia falta de Dona Conceição, sentada no sofá, com o crochê sempre no colo, os óculos escorregando pelo nariz abaixo. Quando se cansava de bordar paninhos, chamava Dona Iacy para se sentar a seu lado. Com um tom cúmplice, faziam confidências uma à outra.

— Estou cada vez mais preocupada com a Silvia. Ela já tem mais de 30 anos, nunca trouxe nenhum namorado a casa, quase não sai, fica trancada nesse quarto horas seguidas. E se tento conversar qualquer coisa com ela, é um Deus nos acuda. Começa logo a dizer que a vida é dela, que ninguém tem que se meter em nada.

Nessas horas, Dona Iacy esquecia que a outra era a sua patroa, proprietária de não sei quantos apartamentos no Rio de Janeiro. Parecia ser apenas uma vizinha, que aproveitava um intervalo entre as tarefas domésticas para contar suas agruras. A mãe de Janaína suportava a arenga de Dona Conceição porque tinha estima por ela, mas também porque, nesses momentos, se sentia valorizada. A patroa borrava a divisória que sempre existiu entre elas e quase implorava que a empregada lhe iluminasse o juízo, lhe explicasse qual era o problema de Silvia.

Com o balançar do ônibus, Janaína foi relaxando. As pernas se aquietaram, as batidas cardíacas voltaram ao seu ritmo normal, a cabeça retomou o fio do plano traçado. *Tenho que conseguir o endereço de Silvia custe o que custar. Depois, escrevo para ela pedindo notícias. Ela nunca foi uma pessoa má, não vai se negar a me dar uma simples informação. Quem sabe até ela se apieda de mim e me manda uma foto, um objeto, qualquer coisa à qual possa me agarrar.*

Há seis meses, quando chegou à conclusão de que não podia suportar mais, que não era capaz de cumprir a promessa que fizera a Silvia, Janaína começou a idear um plano, uma maneira de obter o endereço. Sabia que ela tinha ido para Portugal. Essa fora a única informação que a outra lhe dera na hora da despedida.

— Janaína, agora que resolvemos todas as nossas questões, vou embora do Brasil. Quero começar uma vida nova em outro lugar. Com a morte dos meus pais, nada me prende aqui. E será melhor para todos — disse, balançando Sara no colo.

— Para onde vocês vão? — perguntou Janaína, angustiada e contendo a tentação de acolher Sara nos seus braços e fazê-la parar de chorar.

— Para Portugal — respondeu, arrependida de ter deixado escapar essa informação. — Mas isso não importa, porque nunca mais nos veremos, você sabe.

Janaína refazia esse último diálogo na sua cabeça quase a diário. Lembrava da cara de satisfação de Silvia, a expressão arrogante de quem tinha, finalmente, conseguido o que queria, os seus gestos contidos, o mau jeito com que balançava o bebê choroso no colo. Bem se via que nunca tinha segurado um recém-nascido nos braços. Janaína se perguntava se Silvia seria capaz de cuidar da menina, ela, que nunca tinha trabalhado na vida, não sabia o que era ter que enfrentar dificuldades. "Uma criança não é um brinquedo. Tem certeza de que é isso que você quer?", teve vontade de gritar na hora da despedida, mas as lágrimas sufocaram a sua voz e não pôde dizer mais nada.

Silvia não chegou a ver o rosto de Janaína deformado pela dor porque bateu a porta do apartamento da Tijuca sem olhar para trás, ansiosa por amputar esse pedaço da sua vida, como se fosse possível sepultar o passado da mesma forma que se enterra um pai ou uma mãe depois de um longo período de enfermidade.

Sabia que estava se torturando, mas Janaína não podia evitar. Era como quando tinha crises de coceira e, apesar de a pele já estar lesionada, continuava se coçando numa espécie de impulso suicida mais forte do que o instinto de preservação. Reconstituir essa despedida era a sua maneira de manter o fio condutor da própria vida. Não queria e não podia esquecer o que tinha feito. Como a sua mãe gostava de dizer, quando a cabeça não pensa, o corpo é que padece. Nesse caso, a sua cabeça tinha pensado demasiado, mas se equivocou nas conclusões. Terminar a faculdade de direito, ter um emprego digno, escapar do destino de empregada doméstica não tinham valido a perda da filha.

*

Com 17 anos, Janaína começou a fazer limpeza doméstica. Primeiro como diarista, umas horas na casa de algumas vizinhas do prédio de Silvia. Depois, uma conhecida da sua mãe lhe arrumou um lugar para ela ir todos os dias. Era ali mesmo no Flamengo, no quarteirão seguinte ao de Silvia. Um casal que passava muitas horas fora de casa e queria alguém para limpar, deixar a comida feita, fazer tarefas na rua.

Na entrevista, Isabel gostou dela à primeira vista. Pareceu-lhe uma moça delicada e confiável.

— Você parece muito jovem. Quantos anos tem? — perguntou.

— Quase 18. Mas sei fazer de tudo, viu? Já faxinei em várias casas e sempre acompanhei minha mãe na família para quem ela trabalha. Ah, e a minha lasanha é deliciosa. A senhora nunca comeu nenhuma igual, nem nesses restaurantes italianos que tem por aí. Se quiser, faço uma de graça só para a senhora provar e ver que não estou contando mentira.

Isabel achou comovente a autoconfiança que Janaína fazia questão de aparentar. Além disso, a moça acertara no alvo. Lasanha era um dos seus pratos favoritos. Por isso, ou porque tinha pressa de resolver o assunto, nem esperou que Antonio chegasse para tomar a decisão. Combinou com ela que fariam um mês de experiência. Trataram do salário, das folgas semanais, das tarefas diárias. Mostrou-lhe o apartamento inteiro, explicou onde estava cada coisa. Quando entraram no escritório do marido, Isabel advertiu que não tocasse nunca nos livros.

— Mesmo que estejam cheios de pó?

— Mesmo que estejam caindo de tanta poeira. Antonio, o meu marido, é muito ciumento com os seus livros. Aqui no escritório, você só tem que limpar o chão e trocar a bolsa da lixeirinha que está debaixo da mesa.

Janaína percorreu os olhos pelas quatro paredes do cômodo. Três delas estavam completamente invisíveis por trás das estantes. Na última, a mais estreita, havia uma mesa junto à janela. A persiana semiaberta deixava entrar a luz, que incidia sobre os papéis empilhados de um lado e do outro. No canto direito, um porta-retratos com a foto do casal. Janaína olhou de soslaio e percebeu que o marido era bem mais velho do que Isabel. Desviou a mirada encabulada. Não queria que pensassem que era indiscreta. "Uma boa empregada não vê nem escuta nada", sempre dizia a sua mãe.

Naquele momento, Janaína ainda não sabia que criaria um vínculo particular com o futuro patrão. Ela foi a única empregada que Antonio permitiu que tocasse nos seus livros. Desde o início, percebeu que a moça era curiosa, condição imprescindível para desenvolver a inteligência, como sempre dizia aos alunos. A primeira vez que a surpreendeu parada diante das estantes, estancou no umbral da porta e ficou observando. Viu que ela lia, ou tentava ler, as lombadas dos livros. Às vezes, deslizava dois dedos da mão direita sobre elas, como se isso pudesse lhe dar acesso ao conteúdo.

Quando viu Antonio na porta, Janaína se sobressaltou.

— Desculpa, seu Antonio. Estava só olhando. Não fiz nada, não, viu?

— Tudo bem, morena. Não precisa ficar assim. Você gosta de livros?

— Não sei. Não li muitos. Mas tenho vontade — respondeu, encabulada.

— Depois vou escolher um para te emprestar. Você quer?

— Quero, quero, sim.

Depois de algumas semanas, Janaína tomou coragem e lhe perguntou:

— Por que a ordem alfabética recomeça a cada estante ou às vezes na prateleira de baixo?

Surpreso com o questionamento, Antonio identificou em si a alegria que já sentira tantas vezes, a de descobrir alguém com ânsia de aprender.

— Porque os livros estão agrupados por temas. Alguns ocupam uma estante inteira; outros, mais de uma estante; outros, algumas prateleiras. É uma lógica que criei para mim mesmo.

Percebendo o ar de dúvida de Janaína, Antonio levantou-se e parou diante da primeira estante do escritório.

— Aqui estão os de filosofia pré-socrática. E aqui também. Desses tenho muitos porque é a minha especialidade. Nessa outra estante, o resto da filosofia, menos os do século XX, que formam outra categoria. Depois, psicanálise, ciências sociais, arte e romances — disse, apontando para os livros, percorrendo cada estante com a mirada.

Janaína parecia extasiada. Antonio era capaz de reconhecer esse tipo de arrebatamento sem margem de erro. Sua vida tinha sido dedicada a despertá-lo.

— Há muitas formas de se organizar uma biblioteca, morena. Cada pessoa tem a sua. Há quem goste de dispor todos os livros pela ordem alfabética, outros separam por editoras, por tamanhos, cores, nacionalidades, sei lá... Eu agrupei os livros por temas e, dentro de cada tema, pela ordem alfabética dos autores. Para mim, é mais fácil assim.

— Entendi, seu Antonio. O senhor tem uma biblioteca muito bonita.

— Se você prometer que não tirará nada da ordem, pode limpar os livros de vez em quando, tá?

— Pode deixar, o senhor não vai nem reparar que toquei neles.

Janaína trabalhou para Isabel e Antonio durante pouco mais de três anos. Sentia-se à vontade com o casal, nunca teve motivos de queixa. Quando eles decidiram ir embora para Portugal, ela acabava de passar no vestibular para direito, feito que só alcançou graças ao patrão, que lhe emprestou livros, lhe incentivou, lhe ensinou como estudar. A notícia da partida pegou Janaína de surpresa e a deixou triste, mas, de alguma forma, sentia que um ciclo havia terminado. Na despedida, não pôde conter a comoção.

— Nunca vou esquecer o que o senhor fez por mim. Gratidão eterna — disse emocionada, tomando a liberdade de pegar na mão de Antonio e beijá-la, como se estivesse pedindo a benção. Soltou-a em seguida, encabulada pela ousadia.

— Eu não fiz nada de mais, morena. Eu só joguei a semente, uma sementinha modesta, que caiu em terra fértil, cheia de vida, de nutrientes, de húmus, uma terra que estava desejando produzir, gerar riqueza. Todo o mérito é teu. Você é pura vitalidade, Janaína, não te esquece disso nunca. Dá aqui um abraço.

A entrada na faculdade levou Janaína a outro mundo. Ela, filha de empregada doméstica, órfã de pai, moradora da Zona Oeste do Rio, que frequentou a rede pública de ensino durante toda a vida, que não tinha dinheiro para pagar cursinho pré-vestibular, que estudou com a ajuda do patrão professor de filosofia, devorando o material que ele lhe dava, tentando entender tudo, apesar, do deficit que carregava em relação aos outros candidatos, ela agora estava ali sentada ao lado de jovens, alguns ainda mais novos do que ela, nascidos em berço privilegiado, conscientes e zelosos das suas vantagens sobre o resto do mundo.

Ela, no entanto, não se deixou intimidar por essas diferenças. Desde o primeiro momento, sentiu-se à vontade, como quem está ocupando um lugar que é seu por direito. Não permitiu que as suas origens a relegassem a um segundo plano. Falava de tu a tu com qualquer um, aluno ou professor. Altiva, bonita, inteligente, Janaína resplandeceu nos bancos da faculdade. O seu atrativo era tão intenso, que moças e rapazes não lhe resistiam. Elas se aproximavam com a esperança inconsciente de que parte do seu magnetismo fosse contagioso. Eles, famintos como Vicente, só que travestidos com uma capa de educação.

Nos primeiros meses, Janaína saiu com dois ou três companheiros de sala de aula. Não entrou na faculdade virgem, mas nunca tinha tido nenhuma relação amorosa séria. Já passados os 20 anos, ainda não se apaixonara por ninguém. E assim continuaria até depois de terminar o curso de direito. Naquele momento, ela queria se divertir e descobrir as suas potencialidades. Nessa busca, nem sempre tomou todos os cuidados necessários.

No segundo semestre da faculdade, Janaína descobriu que estava grávida de um colega, um rapaz com quem saíra para tomar cerveja depois da aula e acabara passando a noite na sua casa. Durante duas ou três semanas, sarandeou pela faculdade como se tivesse sido abduzida por outra dimensão da realidade. Janaína imaginava todos os cenários possíveis e se transportava para eles. Via a si mesma dando a notícia à sua mãe, tendo de abandonar o sonho de ser advogada e voltar a fazer faxinas diárias. Ou mantinha um diálogo interno com o estudante que ela supunha ser o pai da criatura e logo concluía que a situação seria descabida. Eles sequer se falaram depois do sexo daquela noite.

Cogitava seguir na faculdade mesmo grávida. *Quantas mulheres engravidam durante a universidade... Qual o problema?* Em seguida, ela mesma ponderava que esses casos aconteciam com pessoas que tinham melhores condições econômicas ou dispunham de ajuda. Entre um cenário e outro, vinha à sua mente a possibilidade do aborto. O problema era que Janaína tinha muito medo e pouco dinheiro. Estava numa enrascada, como diria a sua mãe, se tivesse alguma ideia do acontecido.

O tempo escorria veloz, como água da chuva pelos bueiros. Tinha poucas semanas, duas ou três, para tomar uma decisão, depois seria tarde. Um dia, estava sentada nas escadas do edifício de Silvia, tomando fôlego antes de tocar a campainha. Com a cabeça apoiada entre as mãos, Janaína olhava os próprios pés apoiados no degrau, quando escutou os passos de alguém subindo. Tentou se recompor e deu de cara com Silvia, que estancou, surpresa de a ver ali.

— Oi, Janaína. Aconteceu alguma coisa? O que você está fazendo aqui sentada?

— Não, não aconteceu nada, não. Sentei para descansar. Foi isso.

Alguma coisa, no entanto, se rompeu dentro dela ao dizer aquela mentira, como quando basta um peteleco para que algo aparentemente sólido desabe. Janaína começou a chorar aos borbotões, sem controle, sem pudor, sem limites. Constrangida, Silvia se sentou ao seu lado nas escadas e pousou o braço esquerdo em torno dos ombros de Janaína.

— O que aconteceu de tão grave?

— Estou grávida, Silvia. Minha vida acabou. O que eu faço agora?

— Ah, é isso? Que susto você me deu. Pensei que tinha acontecido alguma coisa grave.

Janaína se desvencilhou do seu braço mole, arregalou os olhos como se tivesse acabado de levar uma bofetada.

— Para você, pode não ser grave, mas para mim é — gritou.

Ainda mais sem jeito, Silvia pediu desculpas, disse que não tinha intenção de ofender, mas é que, pelo desespero do choro, pensou que alguém tinha morrido.

— É isso mesmo, Silvia. A minha vida vai morrer, entende? Vai morrer justamente quando estava a ponto de nascer. Não, claro que não entende. Você não tem a menor ideia do que é essa sensação de começar a saborear algo, a perspectiva de uma nova vida e, de repente, tudo ruir, descobrir que nada mudou nem mudará nunca porque você está marcada com uma espécie de marca de gado, que não te permite sair do curral onde nasceu e foi criado. Quando eu, finalmente, comecei a tocar o que seria a minha nova vida, veio o dono da loja de doces e meu uma tapa na mão: "Sai para lá, menina. Quem você está pensando que é? Isso aqui não é para o teu bico."

Conforme Silvia ouvia Janaína, seu corpo foi minguando, os ombros caíram, os braços perderam tônus muscular, o olhar ficou baço, as pernas amoleceram, o abdômen se dilatou, os lábios murcharam, fazendo uma curva descendente. Poucas vezes se sentiu tão pequena quanto naquele momento. E isso que ela era é uma especialista em se sentir pequena. Mas, diante da dor de Janaína, exposta sem reservas, Silvia teve a percepção clara de como a sua existência era pobre. Sim, porque até na dor é preciso ser grande, pensou Silvia.

Janaína tentou se recompor, disse que ia dar uma volta, que não podia encontrar a mãe naquele estado em que se encontrava e desceu as escadas correndo. Silvia foi para casa, se fechou no quarto e passou toda a noite acordada, dando voltas a cada palavra da filha de Dona Iacy. O pensamento percorreu tantos caminhos, que começou a desenhar curvas e mais curvas na sua mente. Essas curvas teceram uma imagem borrosa, a perspetiva de um futuro possível. Primeiro, em forma de retalhos. Uma ideia fugaz aqui, uma cena delirante ali, que, juntas, pareciam formar algo desejável. Depois, esses troços soltos se uniram como num quebra-cabeça, e quando o dia amanheceu, Silvia tinha as ideias claras e a sensação de que nunca fora tão lúcida quanto naquele dia que acabava de nascer.

O primeiro que fez foi procurar Janaína, que, passadas as horas, parecia se sentir envergonhada pelo desabafo impertinente do dia anterior. Marcaram um encontro no jardim do Museu da República. Silvia chegou uma hora antes e, sentada no banco de madeira, repassou mentalmente cada frase que diria, as estratégias para convencê-la, se fosse necessário, os argumentos a serem usados, o chamariz a ser oferecido.

Janaína chegou pontual, com a cara abatida de quem também não dormira, mas sem baixar os olhos. Sentou-se ao lado de Silvia, cruzou pernas e braços, esperando para ouvir o que ela tinha a dizer. A outra se intimidou um pouco pela mirada altaneira da filha da empregada. Sempre ficara impressionada com esse olhar. Sempre invejara essa característica de Janaína. Por mais que treinasse diante do espelho, jamais conseguiria reproduzi-lo.

Venceu a intimidação e soltou tudo de uma vez só, antes que a certeza da sua pequenez a fizera desistir. Janaína ouviu sem interromper, mas o movimento dos seus olhos e sobrancelhas dava conta do tamanho da sua surpresa.

— Eu não estou acreditando nisso, Silvia. Você está me oferecendo um apartamento em troca do meu filho?

— Dito assim nesse tom, parece uma coisa horrível. Mas, se você pensar bem, seria um bom acordo para as duas. Eu teria o filho que não posso ter, você seguiria com a vida que sonha, a faculdade, um futuro melhor. O apartamento da Tijuca será mais uma garantia para esse futuro. Poder terminar a faculdade sem tanto aperto, um lugar teu para sempre.

Diante do silêncio de Janaína, ela continuou.

— Em relação aos papéis, eu dou um jeito. Você sabe que no Brasil tudo é passível de ser conseguido. Um suborno aqui, um suborno ali, e problema solucionado. Você não teria que se preocupar com nada. Na segunda metade da gravidez, para ninguém desconfiar, você pode simular uma viagem, uma viagem de estudos, sei lá. Quando tudo estiver resolvido, você reaparece.

Os olhos esbugalhados de Janaína denotavam o tamanho do seu espanto. *A Silvia mosca-morta é uma águia. Quem diria... A gente nunca pode subestimar uma mosca-morta.*

Olhava para os patos que se meneavam na grama, as crianças que andavam de velocípede, um grupo ao longe que fazia *tai chi chuan*, e se deu conta de que a vida seguia, apesar da gravidez indesejada. Uma conclusão óbvia que ressaltava ainda mais o seu desejo de que nada fosse alterado, que nenhum descuido modificasse os seus planos. *Por que o erro de cálculo de um filhinho de papai que não sabe controlar o próprio gozo vai destruir o meu futuro?*

O rumo dos próprios pensamentos assustou Janaína, fazendo com que levantasse de maneira abrupta. Silvia seguiu o seu movimento com o semblante desesperado de quem pensa que está perdendo a sua última oportunidade.

— Janaína, você está de cabeça quente, tem que pensar com calma em tudo o que te falei. Pode parecer absurdo, mas não é.

Tentou segurá-la pelo braço, mas Janaína a repeliu como quem sacode umas migalhas da própria roupa. Antes de virar as costas, ainda fez um gesto com a palma da mão aberta, indicando a Silvia que permanecesse onde estava, que não se atrevesse a segui-la. Deu três passos de marcha a ré, depois virou-se e caminhou em direção à saída da rua do Catete. Estava escandalizada não com a proposta da outra, mas com a naturalidade com que cogitou aceitá-la. Passados os primeiros segundos de surpresa, Janaína se flagrou considerando os detalhes do que ela dizia, especulando sobre como seria, como enganar a mãe, como ausentar-se da faculdade, como tomar posse do apartamento sem que ninguém soubesse que estava no seu nome, como depois borrar tudo da memória para seguir andando com a cabeça erguida.

Silvia ficou ali especada, observando como a outra partia, deslizando seu corpo, que começava a redondear-se, pelo jardim. Sem olhar para trás, sem se dignar a dizer uma única palavra, como se o que dissera fora tão estapafúrdio que não merecia uma resposta. *Deve estar pensando que sou um monstro.*

Durante alguns dias, Janaína respirou, dormiu, comeu, urinou e defecou a oferta de Silvia. Todo o seu corpo parecia funcionar em prol do esforço mental que estava fazendo para avaliar a proposta, tatear até onde ela própria seria capaz de ir. Um lado seu — o de boa moça, filha de Dona Iacy, criada para nunca transgredir, seguir todas as regras e não sonhar com um mundo que não lhe pertence — pensava que a proposta era perversa, que a outra se aproveitava do seu poder econômico para realizar um desejo que não se alcança dessa forma. Outro lado — o da jovem inteligente e audaciosa, que queria terminar a faculdade e ter um destino que se afastasse o máximo possível daquele da mãe — cogitava se não seria uma saída, talvez a única saída.

No meio de especulações e tentativas de prospecção do futuro, Janaína também escavou no passado. Em uma dessas imersões, lembrou de seu Antonio e da sua teoria sobre o absurdo de seguir conselhos ou ditames alheios.

"Até que provem o contrário, morena, a gente só vive uma vez. Por isso, nunca deixa ninguém te dizer o que fazer ou deixar de fazer, não permita que os valores morais, os padrões estéticos ou as exigências dos outros pautem as tuas escolhas. Se você fizer uma escolha errada, a única pessoa a quem culpar tem que ser você mesma. A responsabilidade pelos teus erros não pode estar nas costas de ninguém. Depois de uma má decisão, você come o teu próprio fígado durante uma temporada e depois segue em frente. Os outros aconselham ou cagam regra e depois vão à sua vida. Ninguém vai te ressarcir pelas decisões que te levaram à infelicidade. Ninguém vai te devolver as oportunidades perdidas. Por isso, você tem que ser dona e senhora da tua vida. E a vida, morena, nada mais é do que uma sucessão de escolhas."

*

Em pouco mais de uma semana, Vicente entrou em contato com Janaína. Do outro lado do celular, a sua voz pastosa avisava que tinha o endereço de Silvia em Portugal. Soltava as palavras de maneira lânguida, como se antevisse o prazer que essa informação ia lhe trazer. Um pedacinho de papel, um troço rasgado de um caderno velho, onde anotou, com uma caneta também velha, uma dúzia de palavras que para ele não tinha nenhum sentido concreto. Uma rua desconhecida numa cidade desconhecida, homenageando alguém importante da história, onde agora morava Silvia, que, por sua vez, estava sendo buscada por Janaína.

Uma sucessão de detalhes fortuitos, que Vicente não fazia nenhuma questão de interligar. A única coisa que lhe interessava era o escambo. Informação por um pouco de flexibilidade. Um pedaço de papel em troca de um carinho. Menos do que um carinho. Bastava ela aceitar o seu desejo, fingir que ele não lhe dava asco, que tê-lo encima não era tão insuportável assim, que talvez, quem sabe, até nem fosse ruim deitar com ele, que, durante os anos que conviveram, ela teve uma impressão equivocada a seu respeito, que, no fundo — ela ia descobrir agora —, ele tinha borogodó.

O encontro aconteceu no centro da cidade. Sentaram para tomar um café, e as palavras se revelaram desnecessárias. De forma tácita, cada um sabia o que esperar do outro. Do bar, foram para um hotel decadente, desses usados por prostitutas e casais apressados ou infiéis.

Janaína atuou como um robô programado para abrir as pernas e deixá-lo fazer o que queria. Sem exageros. Nada de posturas variadas ou exigências de que ela fizesse alguma coisa em concreto. O minimamente possível nesses casos. Um papai e mamãe rápido, desprovido de qualquer colaboração ativa da parte dela. O corpo retesado como o de uma boneca bate-palminhas, rígida, asséptica, programada para uma única função. Não peça à bate-palminhas que faça xixi. Da mesma maneira, Vicente não podia esperar que Janaína meneasse o corpo, gemesse, abrisse a boca formando um ó, contraísse a pélvis para apertar e succionar o pênis, aumentando o seu prazer. Nada disso estava no roteiro.

Ele sabia disso, que não podia esperar mais do que um coito consentido, como os que ele teve ao longo da vida com meretrizes várias. A diferença é que, pagando mais, da prostituta se pode exigir determinadas coisas. De Janaína, Vicente estava consciente de que não teria nada além daqueles minutos roubados, os estritamente necessários para que ele cumprisse o ciclo desejo-excitação-orgasmo-resolução.

Enquanto sentia as sacudidas de Vicente dentro dela, Janaína teve um lampejo de lucidez, que substituiu, durante breves segundos, o asco. *Quem me garante que esse endereço que ele me entregou é mesmo o de Silvia? Ele pode ter inventado tudo isso para conseguir o que queria. Foi tudo muito fácil e rápido. Esse pedaço de papel pode não ser nada, só um pedaço de papel.*

O pânico que assolou Janaína foi de tal ordem, que não pôde evitar morder o ombro do porteiro, com a sanha de quem não tem mais nada a perder. Ele confundiu o desespero do gesto com excitação e não conteve mais o gozo, esparramando-se em cima dela como fruta madura que cai do pé.

Janaína se desvencilhou daquele corpo semimorto o mais rápido que seus braços e pernas permitiram. Correu para o banheiro minúsculo que havia dentro da espelunca, sentou-se no bidê e lavou-se com sanha, como se tivesse acabado de entrar em contato com um objeto radioativo. Estava tão equivocada quanto as vítimas de Chernobyl, que ignoravam que a água e o sabão são incapazes de eliminar o veneno do corpo, seja ele de que tipo for.

Enquanto esfregava o resto de sabonete na vagina, na virilha, na parte superior das coxas, Janaína se perguntava em que momento tudo havia descambado. Teria sido a partir da gravidez indesejada? Ou do momento em que teve a ousadia de querer melhorar de vida? *É, ser doutora teve um preço muito alto. Foi quase como vender a alma ao diabo.* Ensaboava com tanta força, que as unhas grandes lastimavam a pele, os grandes lábios. *E tudo isso para não ter a vida que a minha mãe teve, para não ser chamada de empregadinha, para não ser presenteada com os restos de patroa nenhuma, para subir pelo elevador social com a cabeça erguida, para emoldurar um diploma e pendurá-lo na parede.* Buscou uma toalha com a qual se secar e viu uma branca encardida pendurada no chuveiro. Oscilou entre o nojo e a necessidade de se enxugar. Pegou-a com a ponta dos dedos, mas não teve coragem de se esfregar nela. Apenas deu pequenos toques rápidos na pele para tirar o excesso de umidade. *Minha mãe é que podia andar de cabeça erguida na rua, não tinha nada a esconder, nenhuma vergonha a omitir. Era pobre, mas limpa, como ela gostava de dizer. Eu tenho o pior tipo de sujeira que existe.*

Quando Janaína voltou ao cômodo principal, Vicente estava deitado, nu, com o chapéu de *cowboy* na cabeça, as pernas cruzadas e um dos braços atrás da nuca. Fumava com nítido prazer. Se não fosse pelo nojo e a raiva, Janaína poderia até sentir inveja dele.

Pendurou a bolsa no ombro e, antes de sair, arriscou a pergunta.

— Vicente, tu não está me enganando não, né? Esse endereço é mesmo de Silvia?

Ele pareceu sinceramente surpreso com o questionamento.

— Vixe, a mocinha acha que eu chegaria a esse ponto só para lhe comer, é? Tudo bem que era uma coisa que eu queria muito, mas, por favor...

O espanto era genuíno. Não tinha lhe passado pela cabeça cometer tal engano, mais por falta de astúcia do que por ausência de maldade.

Na volta para casa, Janaína sentia comichão na pele toda. Cogitou se haveria pulgas na cama daquele quarto miserável. Ou no próprio corpo de Vicente. Ou nos lençóis. Tomou um banho prolongado, eliminando cada partícula de sujeira, esfregando o sabonete como quem limpa os escombros de uma casa bombardeada, como quem sabe que, por mais que areie as panelas, há manchas que nunca sairão. Enquanto a água escorria pelo seu corpo, Janaína lembrou de Sidney e teve certeza de que não poderia lhe contar nada do que acabara de acontecer. Nem sobre as condições em que deu a sua filha a Silvia. Há verdades que nem mesmo o maior amor é capaz de suportar. E ela tampouco tinha uma ideia clara do tamanho do sentimento do namorado. Parece denso, mas, ao ser atravessado por uma decepção de tal calibre, até os amores mais sólidos podem se desmanchar.

Depois do banho, Janaína sentou-se na mesa da cozinha para escrever uma carta a Silvia. Não queria perder nem um dia mais. Se a informação de Vicente fosse falsa, ela descobriria logo. O correio devolveria a correspondência com o carimbo de "endereço inexistente". Pegou a caneta e começou de um golpe só, sem titubeios. As palavras jorraram como leite derramado. Era quase como se tivesse Silvia ali diante dela, disposta a responder as suas perguntas, generosa com a mãe que vendeu a filha e, anos depois, se arrependeu, aberta à possibilidade de um encontro ou, pelo menos, de uma troca de informações.

Com que idade deu os primeiros passos?

(Foi precoce no desenvolvimento motor, o que me deu uma grande satisfação. Não me leve a mal, Janaína, mas, muitas vezes, sentia orgulho da minha sagacidade de ter te feito a proposta no momento certo. O tempo, no entanto, veio provar que a ganância e a suposta esperteza acabam sempre sendo castigadas.)

Engatinhou ou, num belo dia, sem que ninguém esperasse, conseguiu se equilibrar sobre os dois pés?

(Engatinhou pouco tempo. Em seguida, caminhou sobre os dois pés, mas, ao contrário da maioria dos bebês, não sentia especial curiosidade pelos objetos. Na época, isso não me alarmou. Estava tão orgulhosa da minha "aquisição", que só tinha olhos para as suas qualidades, a sua suposta precocidade.)

Foi um bebê de sono tranquilo ou chorava muito à noite?

(Analisando a posteriori, *agora é fácil dizer que Sara foi um bebê apático. Mas, sem as informações que tenho hoje, na época, pensei apenas que tinha muita sorte de ela ser tranquila e não dar tanto trabalho. A ignorância, às vezes, nos protege.)*

Com quantos meses te chamou de mãe pela primeira vez?

(Nunca me chamou de mãe e, provavelmente, nunca chamará. A você também não. Acho que ela nem sabe o que é isso. No seu segundo ano de vida, estive atenta a todos os muxoxos, grunhidos, palrices que pudessem ser confundidos com o início da linguagem. Às vezes, passava horas observando-a, à espera de que surgisse uma sílaba qualquer, algo aparentado com um idioma humano. Até hoje, no entanto, lamento te informar, Janaína, tudo o que sai da boca de Sara são gritos, gemidos, urros e afins.)

Ela fala com sotaque português?

(Mais do mesmo. Desculpa te decepcionar, mas ela não emite palavras, apenas grunhidos, ruídos irritantes, sons sem nenhum sentido. Pode passar toda uma hora gritando "pa pa pa pa", intercalando com "ta ta ta ta", numa espiral que a mim me soa enlouquecedora.)

Ela era do tipo que ia para o colo
de qualquer um ou do tipo ressabiada?

(Sara sempre demonstrou indiferença em relação às pessoas, inclusive a mim. Durante mais de três anos, caí no autoengano de pensar que era tranquila, tímida, reservada, como eu. Já sei, já sei,

ela não tem meus genes, mas essa é uma daquelas besteiras que a gente pensa uma vez e depois acaba acreditando nelas como se fossem muito lógicas. A gente crê no que for necessário com tal de fugir da verdade, Janaína.)

Com que idade entrou na escola?

(Aos três anos, matriculei Sara numa escola infantil. Confesso que minha principal motivação foi a de que ela fosse observada por outras pessoas, profissionais acostumados a lidar com crianças, que me dissessem algo sobre o que eu nem ousava imaginar. E assim foi. Como dizia a minha mãe, não procura, não, filha, que você acaba por achar. Em menos de um mês, a professora me chamou para uma reunião e insinuou o que estava prestes a cair sobre mim como a lousa que cobre a sepultura. Pediu autorização para lhe aplicar uns testes, depois mandou um informe para o pediatra, que também já tinha mencionado algumas hipóteses sobre o desenvolvimento de Sara, mas que, como eu parecia muito tranquila, ele foi deixando para lá. A partir daí, não houve nada capaz de deter o inevitável diagnóstico. A política da toupeira tinha terminado.)

Alguma vez ela perguntou pelo pai?

(Desculpa, mas esse tipo de pergunta me dá vontade de rir. Agora rio porque já chorei demais, Janaína. A mescla de decepção, culpa e raiva é o pior dos venenos, te mata a cada dia, com doses erráticas, que te invadem a qualquer momento da jornada, quando menos esperas, contaminando tudo ao redor, até os momentos agradáveis, por ínfimos que sejam. Ou principalmente estes. Mas, respondendo à tua pergunta, Sara não sabe o que significa pai,

mãe ou seja lá o que for. Ela é como um animalzinho voltado para as suas necessidades básicas, que são comer, dormir, defecar etc. Não, espera lá, não posso ser tão reducionista. Entre as necessidades vitais de Sara também está passar horas vendo as mesmas cenas de um desenho animado ou rodopiar sobre si mesma até tombar para um lado de tão cansada ou correr à volta de um cômodo qualquer da casa com os braços abertos, simulando um voo que parece não ter fim, ou uivar durante toda a noite, como um lobo perdido na floresta, tentando entrar em contato com a matilha. Ela é uma menina com necessidades insólitas, não posso negar.)

Uma anamnese peculiar, perguntas que Janaína colecionou ao longo dos anos. Infantilmente, pensava que as respostas preencheriam o vazio da sua memória, que o fio da meada seria retomado a partir do ponto em que tudo se torceu, que a história de mãe e filha se reconstruiria, como se fosse uma obra paralisada por falta de verbas que, graças a uma maré de bonança, o proprietário retoma.

O que Janaína não sabia é que — ao contrário das casas — as relações não podem ser reconstruídas. Se houver sorte, se salvam da destruição total, do aniquilamento, os pilares são mantidos, se resguarda um detalhe pitoresco, uma janela que nos parecia bonita, uma aldraba com valor histórico, mas o resultado será sempre outra coisa diferente da original, uma versão que talvez até lembre a anterior, mas só nas aparências. No caso de Janaína e Sara, a versão primeva se limitava à relação intrauterina, à troca de nutrientes entre as duas, às canções e vozes que a menina escutou durante nove meses, à angústia que lhe atingiu o pequeno corpo enquanto sua mãe tentava imaginar o futuro. Havia que construir algo novo em cima desse vínculo tão frágil.

Quando terminou de escrever, Janaína respirou fundo. Sentia o coração disparado como se tivesse acabado de correr uma maratona. Lembrou das longas conversas de Sidney sobre as religiões afro-brasileiras e seus conceitos, para ela, tão fantasiosos. Em uma delas, o namorado lhe explicou o que era um ser encantado, que não é o espírito de alguém que já morreu, mas sim um ser que foi arrebatado, que superou a morte e a vida como conceitos biológicos e passou a viver transformado em outra coisa, uma árvore, uma flor, uma planta. Janaína pensou que sua filha era mais ou menos isso, um ser que, para ela, está vivo e morto ao mesmo tempo. Morta porque, no dia a dia, é como se não existisse de fato. Viva porque ela sabe que, em algum lugar do mundo, uma criança respira, anda, vive, passeia seu código genético pelas ruas, sem saber que metade dele pertence a uma moça do outro lado do oceano que se chama Janaína.

— Você sabia que Janaína é um dos nomes populares de Iemanjá? — perguntou-lhe Sidney uma vez.

Como os desesperados que apelam a qualquer suposto poder do além, Janaína rezou para que Iemanjá a ajudasse a reencontrar a filha.

Terapia de grupo III

Esta semana aconteceu o que mais temia. Ele esqueceu que eu sou eu. Por breves instantes, é verdade, mas agora já nada poderá borrar esse episódio. Sentada no sofá, folheava uma revista. Na poltrona ao lado, ele fingia ler o jornal, como era de praxe nos últimos meses. Podia ficar quase uma hora com a mirada fixa nas chamadas da primeira página, sem avançar nem um milímetro na leitura. De repente, ele levantou a cabeça na minha direção e disse:

— Onde está a Isabel? Você sabe se ela vai voltar?

Cheguei a pensar que era uma fala irônica, como as que ele costumava ter antes. Por três segundos, pensei que se referia ao fato de eu estar ausente, absorvida pela leitura. Mas ele insistiu:

— Você sabe se ela ficou de voltar?

Então, as luzes vermelhas do pânico se acenderam dentro da mim.

— Do que você está falando?

Um pouco dubitativo, repetiu:

— Daquela moça, a Isabel.

— E eu quem sou, Antonio?

Com as mãos paradas no ar, o olhar vagueando pela sala, de repente, foi como se tivesse despertado de um cochilo extemporâneo. Bateu com a mão esquerda na testa igual a alguém que acaba de lembrar onde, afinal, guardou as chaves.

— Ah, desculpa. Fiquei meio confuso.

Mantive os olhos fixos nele, como se quisesse medir a sua atividade neuronal, as sinapses que ainda seria capaz de fazer, avaliar se o episódio representava um avanço significativo na doença ou se tinha sido um lapso isolado. Ele foi ficando encabulado, pediu desculpas mais uma vez, e de tanto olhá-lo, as lágrimas começaram a fugir pelo canto dos meus olhos, sem controle, espoletadas pela tristeza, mas também pelo medo. Medo atroz de não voltar a ser vista.

Discoteca cerebral

Isabel observava o círculo de mulheres à sua volta, tentando decodificar as expressões faciais. *Quem aqui está sofrendo muito mais do que eu? Qual delas reza à noite para que tudo acabe rapidamente? Quem, ao contrário, sente tanto pavor de perder a pessoa querida, que prefere passar o resto da vida cuidando de um ser mumificado?* Os rostos em repouso revelam pouco. Como dizia Antonio, a procissão caminha por dentro, inacessível aos olhos dos demais. Quem está de fora não sabe quase nada, apenas intui, especula, cogita, tenta adivinhar, entrevê, imagina, constrói cenários, faz filmes, supõe, fabula, às vezes, até delira, tem a convicção de que conhece o outro, suas opiniões e sentimentos, quando ele não passa de um desconhecido com quem, por acaso, convivemos.

A reunião quinzenal da terapia de grupo ia começar. Todas esperavam a que se sentasse Cristina, que acabava de entrar na sala. Sentou-se na única cadeira de cor diferente, que, tacitamente, sabiam que lhe pertencia. Junto a ela, o cesto de vime com os escritos das participantes dobrados. Até hoje, nunca ninguém tinha lido um texto de Isabel, o que lhe causava alívio e decepção ao mesmo tempo. Tinha vergonha de que a lessem, mas ansiava que o fizessem, queria ser aceita no grupo como alguém que também sofria, tanto ou mais do que elas.

Algumas das presentes nunca falavam. Isabel nem sequer conhecia as suas vozes. Limitavam-se a acompanhar o relato das demais com miradas furtivas, esgares involuntários, balanços de cabeça e, às vezes, lágrimas. Ela não sabia por que continuava indo, sentia que havia algo viciante no ambiente da terapia, um fio que a enganchava, fazendo com que voltasse quase como um autômato, apesar de que, ao sair, sempre tinha a certeza de que não regressaria. Era uma espécie de mil e uma noites, queria saber o final das histórias e escutar relatos novos. Cada uma daquelas narrativas a fazia esquecer o próprio drama. Cada uma daquelas mulheres era uma Sherazade, alguém que começava a desenredar um novelo, mas este nunca acabava porque se unia com outro e com outro, tecendo uma obra de arte coletiva, onde todas tinham o seu quinhão de autoria, mesmo as silenciosas.

Ao contar em voz alta as causas do seu sofrimento, as mulheres tomavam posse da sua história. Talvez algumas mintam, inventem e omitam coisas, para ganhar a comiseração alheia ou dar mais coerência ao relato. Diante de algumas histórias, Isabel sempre pensava isso, que a pessoa não estava sendo sincera ou tergiversava a verdade, mas depois se sentia culpada pela suposição.

— Mesmo que alguns detalhes sejam incertos, não importa. Conheço um olhar cheio de dor, como se eu mesma o tivesse parido — disse Isabel a Valéria uma vez, quando lhe contou sobre a terapia de grupo.

— E por que você também não fala? Já que nenhum texto teu foi sorteado até hoje, você pode pedir a vez para contar alguma coisa ou dar uma opinião.

— Já sei que posso fazer isso, mas nunca aconteceu. Às vezes, me identifico com o que alguém está contando e sinto o impulso de levantar a mão para falar, mas acabo não fazendo. A emoção é tanta que fico paralisada. É incrível como a variedade de vivências e sentimentos de quem lida com a demência pode estar toda ali naquela sala, inclusive numa única pessoa, num único discurso. Você escuta uma frase e pum! Aquilo resume tudo o que você sente e nunca pôs nome, nunca se atreveu a descrever em voz alta.

— Caramba, Isa, que forte isso. O poder terapêutico da palavra.

— O que mais me impressionava no início é que aquelas mulheres não têm nada a ver comigo. A maioria é mais velha do que eu, está cuidando de um marido que tem mais ou menos a mesma idade, algumas nunca trabalharam, sempre moraram no mesmo lugar. Elas próprias estão vislumbrando a sua morte na linha do horizonte, também têm seus achaques. Mesmo com todas as diferenças de contexto, de formação, de faixa etária, qualquer uma ali pode olhar para a outra e entender do que está falando, como se só houvesse um idioma naquela sala, a língua dos que estão assistindo à morte do outro em vida, que estão vendo a identidade da pessoa amada escoar pelo ralo sem poder fazer nada para impedir.

— O sofrimento sempre une as pessoas. Quando você se identifica com a dor do outro, as animosidades, as diferenças caem por terra.

— Sabe outra coisa que me impressiona, Valéria? É que a maioria se refere ao familiar no passado, como se ele já estivesse morto. Não existe o tempo verbal presente do indicativo, ou melhor, elas só usam o presente quando contam algo relacionado com a doença, mas quando falam sobre os gostos, as frases típicas, as manias, a personalidade da pessoa, então, usam o pretérito imperfeito, fulano fazia isso ou aquilo, sicrano gostava de tal coisa, ele era assim ou assado, como se estivessem lembrando alguém que partiu, que deixou de fazer parte da vida delas. E o pior é que a sensação é exatamente essa, a de que a pessoa amada nos abandonou, saiu de casa para comprar cigarros e não voltou mais. A que ainda respira ao nosso lado é outra, um clone mal-ajambrado, um farsante, um impostor, um espírito das trevas que se apossou do seu corpo, um replicante, mas não os de *Blade Runner*, que não conseguimos distinguir de um ser humano, de tão perfeita que é a cópia. Não, desses não, é um androide construído numa oficina de quinta categoria na Baixada Fluminense, que qualquer um identifica como reprodução mal feita. Basta olhar para o Antonio uma única vez, de relance, que quem o conheceu de verdade sabe que ele não está presente naquele corpo.

— Hoje você está inspirada, hein, Isa — disse Valéria, rindo.

Isabel também riu, mas foi um riso frouxo, um movimento facial que a ajudava a conter as lágrimas. Teve vontade de dizer à amiga que as suas analogias poderiam até ter graça, mas não por isso eram menos dolorosas. Só provavam que os dramas da vida são, na maioria das vezes, risíveis.

A hora passada na terapia de grupo levou Isabel a esquecer a voragem dos últimos dias, desde que se atreveu a ler a carta destinada a Silvia. Mas bastou entrar no carro de volta à casa que o assunto ocupou de novo o espaço que era seu. Havia dois dias, tinha tomado coragem e telefonado para o número de celular que Janaína dera na carta. Foi complicado explicar como tinha tido acesso à correspondência, a sua relação com Silvia, a coincidência que unira as três. A parte mais difícil — o autismo de Sara —, Isabel omitiu. O grande soco teria de ser dado pessoalmente para poder ampará-la depois do golpe.

Nos dias que se seguiram, Isabel falou mais algumas vezes com Janaína. A ex-patroa a convenceu de que tinha de ir a Portugal, que Silvia ia tirar a menina do colégio e talvez mudasse de endereço, até de cidade. Isabel não tinha dúvidas de que Silvia ia empreender uma fuga, só não imaginava que, pelo caminho, abandonaria Sara numa instituição. Perguntou se Janaína precisava de dinheiro para comprar a passagem, ela respondeu que não, agradeceu, ainda perplexa por aquele cruzamento de caminhos inimaginável há alguns dias.

Em menos de quinze dias, Janaína aterrissaria em Portugal, Isabel a pegaria no aeroporto. Juntas, traçariam um plano de aproximação de Silvia, mas, antes, Isabel lhe contaria sobre Sara, tentando escolher as palavras menos duras, mas sem escamotear a verdade, sem colorir o cenário que encontraria pela frente, sem dar falsas esperanças de normalidade ou melhora. Depois de escutá-la, Janaína sentirá uma pequena parte do que Silvia sofreu ao longo dos anos, a dor do sonho roto, a decepção de não ver realizadas suas fantasias infantis, a culpa, a raiva por se considerar vítima de uma injustiça, a tristeza, a impotência de saber que não podia fazer nada. Tudo num caleidoscópio de alta velocidade, em que ela era uma espectadora atordoada, sendo jogada de um lado para outro, sem saber a que sentimento se apegar.

Por breves segundos, Janaína se arrependerá de ter procurado Vicente. *Sujei meu corpo para nada*, pensará, enojada. Em seguida, no entanto, retifica seus pensamentos tão humanos e se convence de que fez o melhor, o que tinha de ser feito.

*

As idas semestrais ao neurologista eram uma sessão de tortura para Isabel. A confirmação do cenário em que vivia, a perda ratificada uma e outra vez pelos protocolos médicos. Quesitos a serem preenchidos, sim ou não, capaz ou incapaz, correto ou incorreto.

— De 1 a 5, qual é o seu grau de autonomia?

— Ele se veste sozinho ou necessita de ajuda?

— Usa garfo e faca quando necessário?

— É capaz de assear-se sozinho?

— Também pode fazer a barba?

— Rejeita a ideia do banho? É preciso forçá-lo?

— É capaz de seguir uma conversa?

— Presta atenção ao noticiário?

— Pode reproduzir uma notícia que tenha visto ou lido?

— Ele se orienta ao redor da vizinhança? Ou se perde com facilidade?

As respostas de Isabel iam configurando um quadro na cabeça do médico.

— Ainda não saltou ao estágio avançado. Vamos ver até quando vai se aguentar aí.

A pior parte era quando o médico fazia perguntas diretas a Antonio.

— O senhor sabe onde está?

— Que dia é hoje?

— Em que mês estamos?

— E a estação do ano?

— Em que ano o senhor nasceu?

— Como se chamavam os seus pais?

Nessa hora, Isabel baixava a cabeça, apertava a bolsa contra o peito, torcendo para que a ladainha terminasse. Ela já sabia que ele não era capaz de se situar no tempo e no espaço, não tinha por que passar por aquilo. Se pudesse, taparia os ouvidos e gritaria "Basta!", como quem implora que parem de lhe infligir uma dor insuportável. A cada titubeio de Antonio, a cada silêncio, a cada resposta equivocada ou absurda, Isabel sentia a faca sendo enterrada um pouco mais na sua carne, abrindo espaço entre músculos, tendões, veias e gordura. A carnificina era de uma violência tão extrema, que, ao chegar em casa de volta do hospital, ela tinha de dormir um pouco para recobrar forças.

Mesmo de cabeça baixa, Isabel sentia os olhos de Antonio sobre ela, suplicando sua ajuda. No dia a dia, era sempre ela que o safava, que evitava que passasse determinados constrangimentos em público, que respondia por ele nas lojas, nos restaurantes, que decidia tudo no seu lugar. Diante do médico, entretanto, não podia fazer isso, por mais que o desejasse.

Olha aqui, seu doutor, vamos parar com essa perda de tempo, ok? Estamos em 2008, no mês de junho, é quase verão. Este lugar é um consultório de neurologia no segundo andar do hospital público da cidade. A sua mãe era Maria Escajadillo, e o seu pai, José Ramirez. Satisfeito? Podemos ir embora agora ou o senhor quer saber mais alguma coisa?

A permanência no consultório, mesmo sendo breve, lhe parecia um exercício sadomasoquista. O médico gozava com a incapacidade de Antonio, e ela se submetia voluntariamente àquela tortura. *Para que isso? Por que continuar vindo ao médico, se não há cura, se nada pode ser feito?*

Se deixasse de comparecer às consultas periódicas programadas pela segurança social portuguesa, talvez lhe mandassem cartas de advertência à casa, pensava Isabel. Esse seria o primeiro degrau. Depois, fariam uma visita para saber o que se passava, se o paciente estava sendo vítima de maus tratos. *Nem na hora da morte nos deixam em paz. O declínio precisa de testemunhas, tem que ser medido por tabelas, classificado, tipificado, encaixado em fases. Antonio não merecia isso, que o seu desmoronamento fosse público.*

Nos dias seguintes à consulta, Isabel era acometida pela compulsão informativa, como ela chamava. Digitava a palavra Alzheimer ou demência no computador e lia todos os artigos científicos que lhe pareciam interessantes. Empanturrava-se de notícias, informes, estudos, em diferentes idiomas, mais ou menos áridos, incapazes de lançar luz sobre a sua angústia, mas, como um pedaço de bolo de chocolate comido às escondidas no meio da noite, tinha o estranho poder de tranquilizá-la, de desviar o foco do seu sofrimento. Em vez de pensar na pessoa concreta de Antonio, perdia o tempo em generalidades sobre o deterioro cognitivo.

Quando comentou com Valéria que tinha esse hábito, ela o denominou de "momento de chafurdar na autocompaixão". Isabel não gostou, apesar de saber que não distava muito da verdade, e se lembrou de uma frase de Antonio.

— Isa, você adora comer merda até não aguentar mais — referindo-se à sua tendência de ter pena de si mesma e lamuriar-se.

Às vezes, algum dos artigos lhe chamava atenção, em geral pelo seu caráter deprimente. Um deles foi sobre um grupo de cientistas norte-americanos que utilizou um boneco para tentar que pacientes num estágio moderado ou avançado de Alzheimer se reconectassem com a realidade. Eram pessoas idosas internadas em uma casa de saúde, que passavam a maior parte do tempo sem falar ou interagir com o meio. Ao dar-lhes o boneco, como se fosse um bebê, elas, por ato de mágica, retornavam do lugar escuro onde até então tinham estado escondidas. Preocupavam-se com o suposto bebê e se dedicavam a cuidá-lo, comunicando-se com os profissionais do lugar e respondendo às perguntas de uma maneira vivaz que antes não ocorria.

No artigo, os pesquisadores alegavam que, ao ter de cuidar de outro "ser", os pacientes saíam do ensimesmamento. O fenômeno era explicado por meio da teoria do apego e de alguns outros conceitos sobre os quais Isabel não pôde continuar lendo porque foi soterrada por uma pena profunda desses senhores e senhoras, que um dia tiveram sonhos, projetaram um futuro, trabalharam, sustentaram uma família, cuidaram de seus filhos, amaram, sofreram, foram traídos e desejados, gozaram, perderam noites de sono com medo ou preocupados com o futuro, o que é a mesma coisa, fantasiaram ter uma velhice tranquila, e agora dependiam de um boneco de plástico — que não podia ser muito rígido, segundo os pesquisadores — para se sentirem vivos ou aparentarem estar menos mortos.

Isabel fechou a tampa do computador com brusquidão, dominada pelo medo do porvir. *Prefiro te enterrar amanhã mesmo do que te ver aninhando um boneco como se ele fosse um bebê,* disse mentalmente a Antonio, que estava sentado na poltrona ao lado da sua, fingindo ler o jornal.

Raramente algum desses estudos conseguia diluir a ansiedade de Isabel, mas, às vezes, encontrava relatos que a emocionavam. Foi o caso de um artigo sobre o poder da música contra o senhor Alzheimer. Cientistas — alemães desta vez — contavam que a área cerebral responsável por guardar as lembranças musicais era a menos atingida pela doença porque estas estão alojadas numa região diferente do cérebro, não naquela que armazena as recordações gerais. Por isso, pacientes em estado avançado são capazes de se lembrar de canções da sua infância, por exemplo. Ou, sem emitir uma palavra há meses, de repente, começam a cantarolar uma música.

Ao ler as explicações científicas, Isabel sentiu uma onda quente invadindo suas entranhas. Mesmo desconhecendo o mapeamento cerebral, ela sabia que as conclusões eram corretas. Antonio nunca deixou de cantar, sempre a surpreendia com canções da infância, as preferidas da sua mãe, ou com outras da juventude, geralmente da bossa nova. E cada música o remitia a uma emoção diferente.

Um dia, por exemplo, Antonio lhe disse à mesa do café da manhã:

— Hoje acordei com uma música na cabeça.

— Qual?

— *Adiós, pampa mía / Me voy / me voy a tierras extrañas / Adiós, caminos que he recorrido / Ríos, montes y cañadas / Tapera donde he nacido / Si no volvemos a vernos / Tierra querida / Quiero que sepas/ Que al irme dejo la vida. Adiós.*

A voz de Antonio se quebrou, ele escondeu o rosto com as duas mãos, tentando camuflar as lágrimas. Isabel se levantou da mesa, rodeou as suas costas por trás, deu-lhe um abraço que tinha a força daquela canção. Quando o corpo dele se serenou, ela voltou a ocupar o lugar à sua frente.

— Essa é a música dos que tiveram que partir, buscar novos caminhos. Impossível não se identificar — disse Antonio.

— Você está com saudade de quem ou de quê?

— A minha vida foi muito longa, morena, vivi muitas coisas. A cada etapa, a gente vai deixando pessoas e lugares para trás. Não tem jeito, a perda é inerente à trajetória de qualquer um. Mas não posso me queixar, não. Eu tive uma boa vida. Amei demais.

A música também levava Antonio a recuperar a sua verve romântica. Às vezes, num arrebato, pousava a mão direita sobre o peito, ensaiava pose de galã, fechava os olhos, empostava a voz e começava a cantar. Em espanhol ou português. Quando a canção era na sua língua materna, as preferências recaíam no flamenco e na rumba, com direito a sotaque andaluz e batida de palmas.

— *Si me das a elegir / entre tú y la riqueza / Con esa grandeza / que lleva consigo, ay amor / Me quedo contigo / Si me das a elegir / entre tú y la gloria / Pa que hable la historia de mi / por los siglos, ay amor / Me quedo contigo / Pues me enamorado / y te quiero y te quiero / y sólo deseo / estar a tu lado / soñar con tus ojos / besarte los labios.*

Na maioria das vezes, Isabel não conhecia as canções, e quando lhe perguntava sobre o autor, ele também não sabia responder. Os momentos musicais lhe davam a certeza de que Antonio permanecia vivo. Em geral, entretanto, ela não podia evitar a sensação de que o marido já morrera. Quando estavam sentados no sofá à noite, ela o observava de soslaio e o que via era um espectro, uma foto amarelada e fora de foco, um reflexo impreciso do homem que conhecera havia vinte anos. Olhava a reprodução da gravura do fauno de Picasso, pendurada na parede, e tinha vontade de chorar.

— Esse sou eu — disse Antonio na primeira vez que Isabel visitou a sua casa. — Picasso se identificava com essas figuras mitológicas, com a sua lascívia e contradições — explicou, com um sorriso sacana.

Isabel reconstruía essa cena e, com as lágrimas pesando no borde dos olhos, deixava que a nostalgia a dominasse, a saudade daquele homem que, desde o primeiro momento, foi o seu "fauno". Quando se sentia tão desolada, gostava de rebuscar nas fotos antigas para ver de novo a risada autêntica de Antonio, não a quase careta que fazia agora. As fotos lhe traziam de volta o seu porte altivo, a sua mirada cheia de vitalidade e promessas ("Às vezes, vale mais o que uma pessoa te promete do que aquilo que outra te dá", dizia).

Quando passava essas fotos entre as mãos, era como se Isabel reencontrasse alguém que não via há muito tempo, um amor do passado que fora embora sem dar explicações, um familiar querido que morrera de forma abrupta. Desviava o olhar das fotos para a figura em carne e osso de Antonio e não tinha dúvidas. O seu marido estava morto. O corpo ali sentado era apenas uma teimosia biológica ("A vida é tinhosa", também dizia), um resto orgânico, a poeira levantada quando Antonio foi embora sem pré-aviso, refugiando-se em um paradeiro que ela desconhecia.

Percorria as fotos com os dedos e era quase como se pudesse tocá-lo outra vez, escutar alguns dos seus discursos brilhantes ou a sua risada de carioca por adoção que perde o amigo, mas não a piada. Deslizava a gema do dedo pelo seu rosto granulado, fechava os olhos e ouvia algumas das suas frases mais recorrentes.

"Morena, você não pode levar a vida tão a sério. Na minha terra, as pessoas acreditam que viver é uma urgência. *A vivir que son dos días.*"

"Quando quiser dar algo para alguém, dê com toda a boa vontade, sem esperar nenhuma retribuição. É a única maneira de não se sentir roubado depois."

"A existência de todos nós é a descida de uma grande montanha, do nascimento até a morte. Podemos descer em linha reta ou ziguezagueando. Quanto mais amplas e tortuosas as linhas do ziguezague, mais interessante será a tua vida. Isso não quer dizer mais feliz. Nem mais tranquila. Você escolhe que tipo de vida quer ter, morena."

Essas alucinações auditivas soavam tão verossímeis, que, quando Isabel abria os olhos, a dor era pungente, como quando sonhamos com uma pessoa querida que faleceu há pouco tempo e, ao acordar e perceber que foi apenas um sonho, o sofrimento ressurge tão lancinante quanto no primeiro dia.

Em outras ocasiões, no lugar de alucinar com o passado, imaginava o que diria Antonio no atual momento. Se ele pudesse se refugiar em um lapso de lucidez, aproveitar uma janela no tempo, como fazem os astronautas nos lançamentos espaciais, e conversar com Isabel durante alguns minutos, o que lhe aconselharia?

"Morena, nem sei o que te dizer. Que enrascada. Juro que nunca quis me transformar num estorvo. Imaginei o final da minha vida bem diferente, você sabe disso."

"Claro que sei, mas a gente não tem nenhum controle sobre o nosso fim. Os fatos são estes, não há volta a dar. Tento levar o assunto de maneira estoica, mas não consigo, Antonio. Estou sofrendo demais."

"Ah, minha morena dos olhos tristes, como me dói ouvir isso. A única coisa que me ocorre dizer é uma frase que a minha mãe sempre repetia. Quem faz o que pode não está obrigado a fazer mais. Você aguenta até onde puder. Quando achar que chegou ao teu limite, cai fora. Segue o teu caminho com a cabeça alta. O teu único dever é contigo mesma, com esse caminho que tem que ser criado, desbravado. Eu já completei o meu. Agora é a tua vez."

"Fácil falar. Queria ver você no meu lugar. Aliás, não queria, não. Você não suportaria essa sensação de ficar à espera, impotente, aguardando o que está por vir, o pior, o desfecho."

"Você tem razão. Matar o tempo sempre foi insuportável para mim. Matar o tempo equivale a matar a vida, morena.

Cuidado, a vida é para valer e, não se engane, não, é uma só, já cantou Vinicius de Moraes. Por falar no poetinha, a imagem que eu gostaria que você guardasse de mim não tem nada a ver com a decrepitude. Quero que me recorde gaiato, cantando 'você que fuma e não traga e que não paga pra ver, vou lhe rogar uma praga, eu vou é mandar você pra tonga da mironga do kabuletê'."

Terapia de grupo IV

Ainda não chegou o tempo de sofrer pela ausência dos seus abraços noturnos — que me sufocam um pouco no verão, mas que agradeço tanto no inverno —, de sentir falta da sua pele macia, mimada por anos de cremes hidratantes cheirosos, nem da sua voz carregada de sotaque, perguntando-me "Então, morena, o que está pensando agora?", sempre ansioso por conhecer cada prega da minha mente, que nenhuma ficasse de fora do seu radar. Ainda não chegou o tempo de escutar a sinfonia número 5 de Mahler, a sua preferida, e chorar mansinho, como às vezes ele fazia no escuro da sala. Ainda não chegou o tempo de sofrer ao rememorar todas as conversas que tivemos sentados no sofá, ele querendo me ensinar a entender o mundo, mas, principalmente, a mim mesma. Ainda não chegou o tempo de sonhar acordada com o seu sorriso matreiro, de quem acha que tudo pode ser dito, desde que seja com afeto. Ainda não chegou o tempo de lembrar com nostalgia dos seus arroubos espanhóis, que vinham sempre acompanhados por coplas da infância. *"No me llames Dolores, llámame Lola, llámame Lola, que en tu boca mi nombre sabe a amapola, sabe a amapola.*" Ainda não chegou o tempo de imaginar que o tenho diante de mim buscando qualquer pedaço de papel, guardanapo ou jornal, para desenhar o perfil de uma pessoa. Seus traços rápidos, inconfundíveis, espalhados pela casa, escondidos dentro de livros, gavetas, caixas. Ainda não chegou o tempo de lembrar as suas frases categóricas sobre a natureza de alguém ou de abrir o armário e deslizar os dedos saudosos pela sua coleção de camisas azuis, de diferentes tons, com listras mais finas, mais grossas, aos quadrados, lisas, jeans, mas todas azuis. Ainda não chegou o tempo de sentir a solidão cravando as garras sobre mim ao recordar as longas tardes de domingo, passadas sem nenhuma pretensão, só a de usufruir da companhia um do outro, da certeza de que a qualquer momento, ao levantar a vista do jornal ou do livro, me depararia com os seus olhos observando-me, o seu meio-sorriso satisfeito de estar exatamente ali e não em qualquer outro lugar. Ainda não chegou o tempo de sentir falta dos seus CDs de Maria Callas e Lucho Gatica, de suas letras cheias de pesar pelo amor não correspondido, ou das expressões em latim com que salpicava qualquer conversa banal. "*Allea jacta est, modus in rebus, sic transit gloria mundi, natura hominis, similia similibus curantur.*" Ainda não chegou o tempo de contemplar alguma das paisagens da natureza que ele tanto amava, sentir o vento raspando o rosto, fechar os olhos e ter a certeza de que, enquanto eu for capaz de lembrar, ele estará sempre vivo.

Entre a dor e o nada

Silvia estava esparramada no sofá, enquanto Sara assistia a um desenho qualquer na televisão. Levava semanas aturdida, desde a carta de Janaína. Não respondeu porque não tinha coragem de dizer a verdade, de contar que a sua filha, dada em troca de um apartamento, era uma criança com necessidades especiais, como chamam os profissionais da área. Silvia detesta as nomenclaturas dos livros, os eufemismos dos especialistas, que se empenham no politicamente correto e não têm nenhuma ideia do que é conviver com um autista, por exemplo.

Através de um caminho tortuoso que só o cérebro humano é capaz de percorrer, com o tempo, Silvia acabou se sentindo culpada pelo problema de Sara. Logo ela, que nem sequer tinha parido a criatura. Era como se a doença fosse o pagamento pelo seu desejo de ter um filho, um desejo tão imperioso que não soube respeitar limites. E quando transgredimos as regras, o castigo não se faz esperar, concluía Silvia com a sua moral cristã incutida pelos pais portugueses.

Desde o dia em que lhe atiraram o diagnóstico de autismo na cara, Silvia vive como se fosse uma criminosa prestes a ser capturada pela Interpol. Os ruídos a assustavam, os olhares dos outros pais pareciam acusatórios, a fala da professora adquiria ares de insinuação. Se recebesse uma chamada telefônica de um número desconhecido, sofria taquicardia. A chegada do correio podia ser o prenúncio de algo terrível.

Havia cinco anos que Silvia vivia na expectativa do momento em que seria desmascarada, como quem anseia uma visita que mudará tudo. Ela só não sabia como isso ocorreria, de que lado viria a bordoada. Até que aconteceu. A carta de Janaína foi a ratificação do que ela sempre soube, de que, cedo ou tarde, a sordidez do que fez viria à tona. É certo que a filha de Dona Iacy ignorava a verdade, mas Silvia não tinha dúvida de que descobriria tudo em breve. *Se ela se deu ao trabalho de averiguar o meu endereço, vai fuxicar até o final,* pensava.

O maior temor de Silvia era enfrentar Janaína cara a cara. *Como vou lhe explicar que aquele bebê lindo, perfeito, com todos os dedinhos, que ela passou para os meus braços, vacilando até o último segundo, se transformou na Sara?* Por isso, desde que recebeu a carta, havia menos de um mês, não parou de traçar estratégias e movimentos, que a levarão para longe do seu alcance. Na semana seguinte, a filha entraria na instituição que já tinha contratado e ela mudaria de cidade.

Observava à sua volta as caixas empilhadas, as malas quase prontas, os móveis despidos, e tentava se convencer de que esse era o único caminho a seguir. Os profissionais desse lugar cuidariam da menina até a morte ou enquanto Silvia pagasse regularmente as mensalidades. Ao desembaraçar-se da filha que não era filha, ela poderia enveredar por mais uma senda de fuga. *Toda uma vida escapando, dos meus pais, dos possíveis amigos, dos homens, de mim mesma, do contato humano. E pensei que um filho me salvaria desse medo que não tem nome nem objeto definido, apenas está aí, permeia tudo, determina cada passo, cada decisão, como o senhor do meu destino, onipotente e inescrutável como um deus. Um filho seria um abrigo onde me refugiar. Chega a ser patético, se não fosse tão irônico.*

✳

Na cafeteria do outro lado da rua, sentada a uma mesa à beira da janela, Janaína fingia ler o jornal. Inspecionava a calçada como um policial à espera do suspeito, sem saber muito bem o que veria. Fixava a mirada no edifício amarelo desbotado que tinha o número 52 pendurado em cima da porta, perguntando-se se reconheceria Silvia. *Claro que sim, ela não deve ter mudado tanto assim.*

A espera era condimentada com um repasso mental das frases que Isabel lhe dissera no dia anterior. As explicações sobre a doença da filha, os sintomas, o prognóstico. Durante esses anos, tinha especulado sobre muitas coisas, como seria a menina, sua maneira de ser, sua inteligência, seu apego à mãe postiça, seus gostos, suas características físicas, até sobre qual seria a sua sobremesa favorita Janaína se flagrou algumas vezes meditando. Foi a maneira que encontrou de tecer um perfil da filha ausente, ainda que imaginário, baseado em suposições sem nenhuma garantia de fiabilidade.

Janaína, no entanto, nunca cogitou que a menina pudesse ter alguma doença. *O autismo não é uma doença. É uma síndrome, cujas causas ainda são desconhecidas*, corrigiu-a Isabel, com o didatismo típico de quem domina a teoria, mas ignora a vivência carnal do problema.

A ex-empregada lembra com nitidez de que o bebê era perfeito, com todos os dedos dos pés e das mãos, a cabeça de tamanho normal, braços e pernas se mexiam, os reflexos esperados em um recém-nascido estavam presentes, chorou como era devido na hora do nascimento. A possibilidade de uma doença — uma síndrome ou como quer que se deva chamar — *a posteriori* nunca havia tido cabida na sua engrenagem de suposições.

Sobre o autismo em concreto, não sabia nada. Quando Isabel pronunciou a palavra pela primeira vez, Janaína se lembrou do filme *Rain Man*, com Dustin Hoffman, e perguntou-lhe se era algo desse gênero.

— O espectro autista é muito amplo. Nenhum autista é igual a outro. As características de Sara não têm nada a ver com as desse personagem.

— São superdotados ou algo assim? — insistiu, envergonhada pela sua ignorância e temerosa de ouvir o que a outra tinha a dizer.

— Muita gente associa autismo com pessoas esquisitas que têm uma inteligência acima da média, em parte justamente por causa desse filme que você citou, mas não tem nada a ver. Cerca de 75% dos autistas têm retardo mental.

— E Sara? — perguntou, arrastando as sílabas, com medo da resposta e segura de qual seria. Antes de Isabel responder, Janaína já tinha ouvido o rufo do tambor no seu cangote. Era um som que a acompanhava desde criança, desde que tinha consciência de existir, um arrepio que precedia o fracasso, que confirmava o que ela mais temia, que vaticinava que o seu vinha sempre com uma mácula.

— É incrível, menina, como tudo teu é bichado — disse Dona Iacy uma vez a propósito de umas goiabas colhidas no pé que tiveram como destino a lata do lixo.

Janaína era pequena, tão pequena, que nem lembrava quantos anos teria. Também não recordava se a cena ocorreu na casa de uma vizinha, que tinha goiabeiras no quintal, ou na da avó, que sempre fora apreciadora dessa fruta. A frase da mãe, no entanto, ficou cristalizada na sua memória infantil, provavelmente deturpada e fora de contexto, mas isso não tem nenhuma importância para os mecanismos da mente que teimam em se fixar no que nos machuca e desfavorece. São como a língua que insiste em buscar o dente que está doendo, plenamente consciente da ferida.

Isabel passou horas dando explicações detalhadas que Janaína queria e não queria ouvir. Oscilava entre a morbidez e o desejo de pegar o primeiro avião de volta ao Brasil, empreender a viagem no sentido contrário, desfazer o que tinha feito, fingir que não tinha conversado com Vicente e muito menos sujado o seu corpo com ele. O conhecimento supõe um pedágio custoso. Uma vez adquirido, não há forma de se livrar dele, passa a fazer parte do teu patrimônio, quer você queira ou não. Podemos reprimi-lo, negá-lo, tentar viver apesar da carga que vem atrelada a ele, mas não há maneira de se desvencilhar. Como avisam alguns comércios: "Não se aceitam devoluções."

Enquanto Janaína esperava sentada na cafeteria em frente ao edifício de Silvia, os termos profissionais de Isabel ecoavam dentro dela.

Ausência de linguagem.

Estereotipias marcadas e frequentes. Presença de hand flapping.

Baixa tolerância à frustração.

Dificuldade de lidar com a mudança de rotinas. Necessidade constante de antecipação.

Escasso contato visual.

Nível de interação com as outras crianças muito baixo.

Janaína estava pasma com o fato de um assunto que até então não existia no seu repertório mental ter, em algumas horas, adquirido tanta importância. Refletir sobre ele e suas implicações a levariam a fazer uma escolha nos próximos dias. Como em toda tomada de decisões, antes havia uma bifurcação. Aí se encontrava Janaína. Na cafeteria de uma cidade portuguesa e também no meio de um cruzamento de caminhos.

Depois de dois cafés e o estrago total da manicura, Janaína vislumbrou a saída de alguém do edifício de Silvia. Apertou os olhos para ver melhor (os óculos para a correção da miopia incipiente pousavam esquecidos na mesinha de cabeceira do hotel) e distinguiu a figura anódina da mulher que fazia as vezes de mãe da sua filha. Não mudou nada nesses anos. *Só está um pouco mais gorda e feia*, pensou. A reboque, vinha uma menina, sendo puxada com impaciência. A pequena dava saltinhos enquanto caminhava como quem ensaia para uma apresentação de balé. Estancou, fez uma birra qualquer, seguiu sendo arrastada por Silvia. Movia a cabeça de um lado para o outro, detendo o olhar no céu de vez em quando, como se avistasse algo.

Janaína jogou uma nota de cinco euros sobre a mesa e não esperou o troco. Saiu da cafeteria e começou a seguir a dupla a uma distância segura. Às vezes, tinha de parar e esconder-se dentro de uma loja ou virar de costas para que Silvia não a visse. Tinha consciência do ridículo da situação, mas não podia evitá-lo.

Dias depois, e inclusive anos depois, quando se lembre dessa cena, Janaína se chocará com o fato de em nenhum momento ter reparado nas características físicas da filha. Deteve sua mirada nos estereótipos autistas, nos gestos bizarros da menina, nos pontos em que ela se diferenciava das crianças ditas normais, e foi incapaz de observar o seu cabelo escuro encaracolado, a pele morena, as pernas cumpridas para a idade, as bochechas salientes, o nariz pequenino, a boca carnuda, os traços parecidos aos de Dona Iacy. Viu o que estava predisposta a ver, como um paranoico que sempre dá um jeito de comprovar as suas suspeitas.

*

Durante dias, Janaína evitou encontrar com Isabel. Falaram pelo telefone, mas sem trocar nenhuma informação relevante. Isabel demorava a dormir, arrependida de ter tomado as rédeas de uma situação que não lhe concernia, de ter seguido um impulso em grande parte motivado pela antipatia que sentia por Silvia. Ler aquela carta foi como uma comprovação de que a mãe de Sara era muito pior do que imaginara, de que ela esteve o tempo todo certa ao vê-la com suspicácia.

Se Antonio tivesse entendido tudo o que Isabel lhe explicou a respeito da situação, diria que as coisas não podem ser a qualquer preço.

"É, morena, você quis ver o circo pegar fogo. Agora não há mais nada a fazer. Estão todos comendo merda. Satisfeita?"

Durante as horas de insônia, Isabel começou fazendo uma retrospectiva dos acontecimentos recentes. Depois, da sua carreira de professora e da sua própria vida. No escuro do quarto, tomada por lembranças de alunos que até então ignorava que ainda tivessem lugar cativo na sua memória, ouviu novamente as frases que dizia aos pais, àquelas mães soterradas por um diagnóstico maior do que elas, as frases que soltava como quem dá uma informação burocrática atrás de um balcão. Ao apurar mais o ouvido, Isabel podia até escutar o seu tom profissional, a prosódia que empregava na listagem de sintomas, comportamentos e estratégias de inibição desses mesmos comportamentos.

De barriga para cima, com a mão esquerda pousada sobre a cintura de Antonio, que dormia de costas para ela, Isabel revia a expressão de desamparo dos pais, o mesmo olhar de perplexidade de Janaína ao ouvir uma série de informações que até então não pertenciam ao seu mundo, a mesma súplica embutida em cada pergunta. *Por favor, me diz que não é tão grave assim, que as nossas vidas não foram destruídas, que há uma saída.*

Submergindo nas suas lembranças e culpas, Isabel pôde ver a si mesma também desamparada e suplicante. Não em uma escola, mas em um consultório médico, diante de um especialista que se dedica a pôr etiquetas, a passar os pacientes por uma espécie de crivo (esse cumpre os requisitos, esse não cumpre), a encaixar as pessoas, que ali se resumem a corpos, em categorias nosológicas, a determinar o que ainda está dentro da normalidade e quem já ultrapassou a linha do aceitável. Enquanto o detentor da verdade cospe o seu parecer, tanto o paciente quanto as pessoas que o amam são meros coadjuvantes, receptáculos dos ditames da medicina.

Na escuridão do quarto, digladiando-se contra a culpa por ter levado o conhecimento indesejável para a vida de Janaína, Isabel viu a crença de que era uma boa profissional desmoronar. Sempre pensou em si mesma como uma professora empática com as necessidades e os problemas dos pais que têm filhos com deficiências.

— Meu filho chega do colégio e nunca me conta nada sobre o seu dia.

— É impossível saber o que ele está pensando. Passa o dia inteiro ensimesmado. Tento acessar o seu mundo, mas não consigo.

— Às vezes, chego a duvidar do seu amor por mim. Ele me ama, me reconhece como mãe, ou sou apenas uma fornecedora de comida e bem-estar?

— É desesperador pensar que estou diante de um ser impermeável, encapsulado dentro do seu universo. O meu próprio filho, que eu carreguei durante nove meses, que foi desejado mais do que qualquer outra coisa na minha vida, é um muro opaco, intransponível.

— Meus momentos mais felizes são quando ele manifesta sinais de autonomia, quando consegue se vestir sozinho, por exemplo. Aí ganhei o meu dia. Já sei que é uma bobagem, mas, desde que ele nasceu, todas as referências mudaram, aprendi a comemorar as pequenas coisas. A minha vida agora é feita disso, de conquistas singelas, que para as outras pessoas não têm o menor valor.

— É como lutar contra um muro de pedra. Sei que não há vitória possível, mas prossigo. As batalhas do dia a dia são o que me alimentam. O meu filho leva uma semana sem usar as mãos para levar comida à boca. Que felicidade, a senhora não pode nem imaginar.

— A única coisa que peço a Deus é saúde para poder cuidar do meu filho. Se eu faltar, o que será dele?

Agora Isabel entendia cada um desses comentários — ouvidos ao longo de mais de vinte anos de profissão — como se tivessem sido emitidos por ela mesma. Precisou enfrentar a degeneração do Antonio, vê-lo perder suas capacidades, para realmente penetrar no mundo de sofrimento desses pais, com os quais ela sempre imaginou ser solidária, mas, na verdade, nunca tinha tido a mais remota ideia do que viviam. É preciso carregar também uma pedra dentro do peito para figurar o peso suportado pelo outro.

Depois de quatro dias de insônia e angústia, Isabel recebeu outro telefonema de Janaína. Desta vez, marcando um encontro. Segundo ela, queria agradecer por tudo e se despedir antes de voltar ao Brasil. Isabel evitou fazer todas as perguntas que permaneciam engasgadas, tinha medo de causar mais dano. *Agradecer o quê? O espinho que eu cravei na tua vida?*

Como diria Antonio, obrigada, desculpa, perdão, sinto muito, por favor, são palavras de cortesia que usamos de modo automático, sem senti-las, como bengalas necessárias para manter o fluxo da conversa.

"São as palavras esperadas em determinadas situações, as de praxe, as aceitáveis, inclusive, as socialmente obrigatórias. Mas quantas vezes as pronunciamos com todo o nosso sentir nelas? Se Janaína permitisse que os seus verdadeiros sentimentos viessem à tona, jamais te agradeceria por nada, morena."

No dia seguinte, os três se sentaram na varanda de um restaurante sem saber o que dizer, sem encontrar as palavras que poderiam dar sentido ao vivido nas últimas semanas. Elas por constrangimento e fantasmas que não as deixavam pensar com clareza. Ele porque metade da situação lhe passava despercebida.

Pelas entrelinhas da conversa, Isabel concluiu que Janaína não chegou a falar com Silvia, que não tinha a intenção de levar a filha para o Brasil. Não teve coragem de perguntar o que cada vez lhe parecia mais claro. Num primeiro momento, decepcionou-se, pensou que todo o seu esforço fora em vão. Em seguida, porém, se deu conta do absurdo e do arrogante da sua suposta desilusão. Quem era ela para determinar o que seria o mais adequado para a vida dessas pessoas?

Janaína se envergonhava da decisão tomada, mas sabia que não tinha condições de tomar um rumo diferente daquele. Durante oito anos, se torturou, sentindo-se culpada por entregar a filha, questionando seus próprios valores, sua ética, imaginando como a sua vida poderia ter sido se a coragem e a honra tivessem prevalecido. A angústia era tanta, que a levou a buscar uma saída, a tentar refazer os caminhos, reencontrar a filha, alterar o acordo com Silvia, devolver o apartamento da Tijuca, contrair uma dívida, se fosse necessário. Faria qualquer coisa. Ou isso pensava.

A sorte — ou o azar — a ajudou. Primeiro, com Vicente. Depois, a coincidência envolvendo a ex-patroa. Embarcou naquele avião no Rio de Janeiro certa de que os orixás estavam do seu lado, de que tudo teria conserto. Quinze dias mais tarde, entrará em outro avião, no sentido contrário, mais por baixo do que nunca esteve.

As idas e vindas dos pensamentos de Janaína foram interrompidas por Antonio, que pegou na sua mão e perguntou o que ela estava mesmo fazendo ali.

— Janaína veio ver a sua filha, já te expliquei isso, Antonio — respondeu Isabel, arrependida de ter dito a verdade.

— Ah, sim, você me falou. E só tem essa filha, morena?

— Sim, só tenho essa.

— Então, começa a correr atrás do prejuízo logo. A minha mãe dizia que quem só tem um não tem nenhum.

A última frase selou o silêncio na mesa. Cada um deixando-se embalar pela sua música interior. Antonio se submergiu nas lembranças maternas que ainda tinham abrigo na sua memória.

Reviu Dona Maria andando altiva na Gran Vía de Madri, de braço dado com o seu pai, o casaco aberto em pleno inverno, deixando entrever o colo branco de quem passava dez meses sem pegar sol, os seios fartos à Sophia Loren. Os dois voltavam de uma tourada, um dos maiores prazeres de Dona Maria, e o menino Antonio seguia-os pela rua, esforçando-se por não ficar para trás.

— Onde vamos agora, pai?

— Vamos recorrer às igrejas do bairro — responde Pepe, rindo da inocência do filho e da sua própria brincadeira. Antonio, em seguida, descobriu que o pai, que era anarquista e ateu, quando aludia às igrejas, se referia aos bares.

Isabel observava o carinho que Janaína nutria por Antonio e pensou que o afeto era uma linguagem universal. Nenhum idioma artificial como o esperanto funcionaria. Nem a imposição do inglês como a língua do mais forte. O que qualquer ser humano, independentemente de nacionalidade ou de condições físicas e socioeconômicas, entende é o carinho. Lembra-se de Paulo, um aluno autista de 5 anos. Sua única via de comunicação se abre por meio do afeto. Não fala, não sinaliza objetos, quase não mantém a mirada, parece não ver nada ao seu redor, os movimentos espontâneos se restringem a giros, saltos e contorções aparentemente sem sentido. Mas quando Isabel o toca, o cenário muda. Um mundo de compreensão mútua surge. O que antes parecia inatingível se torna palpável sob os dedos que Isabel desliza sobre os seus pequenos braços e pernas.

Nesse momento, Paulo, que dedica boa parte do seu tempo de vigília a movimentos compulsivos, paralisa, como se acabasse de ser atingido por algo mortífero, contra o qual não tem defesas. O único vislumbre de movimento é quando estira os bracinhos e os gira de leve, de modo que fiquem mais acessíveis às mãos de Isabel e que cada centímetro da sua pele seja alvo da carícia. Com o tempo, deixou cair todas as resistências. Em diferentes momentos da manhã, oferece o seu corpo como quem leva uma oferenda ao altar. Aproxima-se da professora, arregaça as mangas da camiseta, se são cumpridas, estira os dois braços na sua direção. Ou levanta a camiseta e se vira de costas, sem necessidade da palavra como intermediadora do desejo.

Às vezes, Isabel toma a dianteira e lhe acaricia a cabeça ou o rosto. Paulo não resiste, mas, depois de pouco tempo, volta a oferecer os braços esticados. Como sinal de gratidão, Isabel costuma ganhar um sorriso tímido, a confirmação tácita de que ele tinha gostado de compartir aquele momento com ela.

Pensar em Paulo deixou o corpo de Isabel morno por dentro. Sentiu que a vista se embaçava. Olhou novamente para Janaína e Antonio e eles estavam silenciosos, voltados para dentro, mas de mãos agarradas, como se cada um fosse uma âncora para o outro. Janaína se curvou, pousou os lábios sobre o dorso da mão dele e os esqueceu ali durante largos segundos. Tinha os olhos fechados e Isabel pôde ver que uma lágrima escorria pelo seu pômulo direito.

Isabel se lembrou da frase final do livro *Palmeiras selvagens*, de Faulkner. “Entre a dor e o nada, escolho a dor.” E foi tomada pela certeza de que, num futuro talvez não tão longínquo, quando pense no momento atual da sua vida, sentirá nostalgia. Apesar do sofrimento, das angústias, das frustrações, talvez nunca mais venha a viver algo tão autêntico. *Quantas vezes o nosso motor é o amor puro e duro, sem expectativas de recompensa ou qualquer tipo de melhoria, ganho, retribuição?*

Janaína, por exemplo, desconhecia o que era isso. Tudo o que fez foi pensando no que viria depois. Uma vida melhor, mais dinheiro, menos pobreza, outra casa, mais satisfação, menos subserviência. Naquele momento, com os lábios pousados na mão de Antonio, tinha plena consciência das suas limitações. E soube, como se alguém tivesse acabado de soprar no seu ouvido, que não teria mais filhos. “Quem só tem um não tem nenhum.”

Isabel e Antonio deixaram Janaína em frente à pensão e se despediram na calçada, sem grandes efusões, tomados pelo desconcerto de terem vivido aquele momento. Janaína agradeceu mais uma vez e prometeu escrever do Brasil, mas nunca o fez. Os dois foram abandonados num escanteio da sua vida consciente, longe dos pensamentos diurnos. Por serem testemunhas do inominável, Isabel e Antonio foram relegados ao quarto escuro. Em uma camada muito profunda de Janaína, no entanto, estavam presentes de maneira indelével, lado a lado com Silvia e Sara.

Para que alguém vislumbrasse essa camada, seria necessário franquear várias barreiras, o que ela nunca permitirá. Poucos anos depois, quando Isabel voltar a morar no Rio de Janeiro, cogitará procurá-la, mas a intuição lhe dirá que sua reaparição não é bem-vinda. O acaso não permitirá que se reencontrem, apesar de morarem o resto da vida na mesma cidade.

Sentados no carro, esperaram que Janaína entrasse no edifício. Quando sua figura desapareceu por trás da porta de vidro, os dois se olharam. Ele girou a cabeça para diante e disse:

— Antonio gagá.

— O quê?

Antonio apontou para a placa do carro que estava estacionado na frente deles. Isabel segue a sua mirada e demora uns segundos para entender. Vê os números e as letras AG e se lembra de uma brincadeira que compartilham há anos: usar as letras das placas dos carros para formar uma palavra. Perdia quem ficasse mudo por mais de cinco segundos. Desta vez, ele não formou uma palavra, mas uma frase. Uma frase infantil, sem verbo. Espantada, Isabel olhou o marido com atenção, tentando averiguar qual era o seu estado de espírito. Antonio ria com o seu riso sacana de espanhol que sempre desejou ser o mais carioca dos cariocas. Diante do silêncio constrangido de Isabel, ele continuou rindo, divertido.

— Antonio gagá. Perfeito.

Seu sorriso se ampliou e ele deu uma palmada na coxa de Isabel, como se dissesse: "Deixa de ser tão séria, morena. A vida é para a gente tirar sarro de tudo." Isabel acabou rindo também, não para agradá-lo, mas porque identificou naquela cena resquícios do seu Antonio. Em algum lugar, ele continuava sendo ele. Sempre seria, pelo menos enquanto ela e tantas outras pessoas que passaram pela sua vida se lembrassem. Fora dessa teia de memórias, não existimos, não somos nada.

Este livro foi impresso nas oficinas gráficas da Editora Vozes Ltda.,
Rua Frei Luís, 100 – Petrópolis, RJ.